안진: 세 번의 봄

안전가옥 쇼-트 20
강화길 단편집

깊은 밤들

아홉 살 겨울, 정민은 엄마에게 크리스마스카드를 만들어 보냈다. 내가 아니라, 나의 엄마에게 말이다. 그랬다. 문구점에 가면 훨씬 예쁘고 귀여운 카드를 얼마든지 구할 수 있었지만 정민은 그렇게 하지 않았다. 도화지를 트리 모양으로 오렸고, 색종이로 장식을 만들어 꾸몄다. 겉면에 루돌프와 산타클로스 스티커를 붙였고, 은색 풀과 금색 풀을 섞어 별과 달을 그렸다. 별과 달. 정민으로서는 꽤 대단한 결심이었다. 그 반짝이 풀은 정민이 몇 달 내내 나를 졸라 겨우 얻어 낸 소중한 보물이었으니까. 그랬다. 치열한 시간이었다. 정민이 떼를 쓸 때마다 못 들은 척하던 나는 결국 짜증을 냈다. "너는 네가 마음에 들면 예쁘다고 하더라? 예쁘지도 않은 걸 가지고?" 그래. 지겨웠겠지. 어느 날 남편이 퇴근길에 반짝이 풀을 사 왔다. 그날 남편과 나는 밤새워 말다툼을 벌였다. 우리는 상대가 자신을

깊은 밤들

얼마나 무시하는지에 대해, 그 탓에 우리가 아이에게 어떤 모습으로 보이게 되었는지에 대해 집요하고 끈질기게 서로를 원망했다. 하지만 아이 앞에서 싸움을 멈출 생각은 하지 않았다. 그날 이후 남편과 나는 반짝이 풀에 대해 어떤 언급도 하지 않았다. 물론 이런저런 정리가 필요하다는 건 알았다. 엄마와 아빠의 의견이 다른 것에 대해 아이에게 설명하고, 어떤 이해를 구해야 한다는 걸 말이다. 하지만 우리는 아무것도 하지 않았다. 늘 그랬다. 남편과 나는 말하기 곤란하거나 어려운 일이 생기면 항상 그런 식으로 행동했다. 대충 슬그머니 얼버무리며 없었던 일처럼 굴었고, 모든 걸 잊은 척했다. 그때도 그랬다. 우리는 반짝이 풀이 처음부터 있었던 것처럼 행동했다. 마치 정민이 태어나면서부터 손에 쥐고 있었던 것처럼. 언제나 곁에 두고 있었던 것처럼. 그러나 정민은 달랐다. 그 애는 반짝이 풀을 어렵사리 손에 넣었다는 사실을 결코 잊지 는 듯했다. 책상 서랍 귀퉁이에 소중히 넣어 두고서, 아주 특별한 순간에만 살며시 꺼내 들었다. 절대 함부로 쓰지 않았다.

하지만 그날은 썼다. 크리스마스였으니까.

돌이켜 보면, 정민의 마음은 언제나 크리스마스였던 것 같다. 내 딸은 뭐랄까. 그래. 세상에서 가장 끔찍한 배신을 당해도 전혀 상처받지 않을 것 같았다. 아무렇지 않게 상대를 용서하고 그 일을 잊어 버릴 것 같았다. 그랬다. 정민을 가만히 보고 있으면 그냥 그런 생각이 들었다. 그건 사람이 착하다거나 순진하다거나 하는 그런 문제가 아니었다. 뭐랄까… 그래, 정민은 씩씩했다. 무언가를 선택하는 데 있어서 전혀 망설임이 없었다. 무언가를 좋아하는 마음을 은밀히 감추는 법이 없었다. 그랬다. 내 딸은 그렇게 살 것 같았다. 캄캄한 밤이든, 한낮이든, 개의치 않고 앞으로 계속 걸어가며, 절대 뒤를 돌아보지 않을 것 같았다.

이제는 세월이 많이 흘렀고, 아침마다 출근하러 문을 나서는 딸아이를 보며 나는 종종 생각한다. 어떠니, 정말 그렇게 되었니? 그런 삶을 살고 있니? 그리고 그 시절, 아무렇지 않게 속내를 드러내며 다정하게 손을 내밀던, 대담하게 앞으로 걸어가던 내 딸의 얼굴을 떠올린다. 새카만 눈동자와 잔뜩 신이 난 듯한 입꼬리. 충만함. 그래. 어떤 결핍도 느껴지지 않던, 편안한 얼굴.

정민은 카드에 썼다. "사랑해요. 건강하세요."

며칠 후 엄마에게서 전화가 걸려 왔다.

그날, 나는 아이를 잃어버렸다.

깊은 밤들

크리스마스이브. 일요일 저녁이었다. 나는 부엌에서 파스타 면을 삶고 있었다. 나폴리탄을 만들 생각이었다. 정민이 좋아하는 음식이었고, 크리스마스였으니까. 조금은 기분을 내고 싶었다. 기분. 그랬다. 나는 기분이 필요했다. 지난 며칠 내내 너무 화가 나 있었으니까. 뜨거운 불덩이가 가슴에 얹혀 있는 것 같았다. 매 순간이 실망스러웠고, 신경질이 났다. 내 안의 분노는 계속 부풀고 부풀어서 나중에는 정민이 읽고 있던 만화책, 《먼 나라 이웃 나라》에 대해서도 짜증을 내는 지경에 이르렀다. 아이가 로마 역사에 심취해 있는 게 괜히 보기 싫었다. 카이사르가 죽은 게 뭐 그렇게 대단한 역사라고…. 나는 아이에게 짜증스럽게 내뱉었다. "그냥 아들이 아버지 뒤통수친 이야기잖아. 그게 재밌니?"

그 시기 정민의 미술 시간 과제에 등장하는 나는 이런 식으로 표현되어 있다. 치켜 올라간 눈과 꾹 다문 입술. 창백한 피부. 팔짱을 끼고서 어딘가를 노려보는 표정. 그림 속의 나는 뭔가를 단단히 벼르고 있는 것처럼 보인다. 꼬투리만 잡으면 곧장 달려들어 무슨 짓이든 할 준비가 되어 있는 것 같은 여자. 언제나 화가 나 있는 여자. 그래 그게 나였다.

실제로 그날 밤, 나는 밖으로 뛰쳐나가 택시를

향해 손을 흔들었다.

하지만 나폴리탄을 만들고 있던 그 순간에는 있는 힘을 다해 참고 있었다. 잊으려고 노력하고 있었다. 남편이 나 몰래 후배의 보증을 섰다는 사실, 그리고 그 후배가 중국으로 도망갔다는 사실을 말이다. 돌이켜 볼 때마다 참 놀랍다. 남편은 그 일을 내게 꽤 오랫동안 감췄다. 큰형과 누나에게 부탁해 차압당한 월급을 메꾸었고, 내 남동생에게 연락해 도움을 청했다. 그러면서 모두에게 신신당부했다. 나에게는 비밀로 해 달라고. 경찰이 조사를 시작했으니 금세 해결될 거라고 말이다. 그건 남편의 진심 어린 믿음이었을까. 아니면 순진한 희망이었을까. 어느 쪽도 실현되지 않았다는 건 분명하다. 결국 올케가 나를 찾아왔으니까. "형님이 아셔야만 하는 일이 있어요." 그렇게 나는 나의 부채를 가장 늦게 안 사람이 되었다.

양송이와 피망을 썰었다. 비엔나소시지에 십자로 칼집을 냈다. 프라이팬에 기름을 두르고 야채들을 볶다가 소시지를 넣었다. 칼집을 낸 부분이 문어 다리 모양으로 휘어졌다. 기분이 조금 나아지는 듯했다. 나는 시간을 체크했다. 동시에 조리 순서를 짚어 봤다. 면을 건져 낸 다음, 야채를 볶은 프라이팬에 넣고, 그다음에는 소스를…. 그 순간, 거실에서 전화가 울렸다. 한 번. 두 번. 그리고 또 한

깊은 밤들

번. 아무도 전화를 받지 않았다. 나는 거실을 향해 전화 좀 받으라고 소리쳤다. 하지만 전화벨은 계속 울렸다. 점점 화가 치밀어 올랐다. 결국 나는 파스타 면을 건져 올리려던 집게를 싱크대에 내던졌고, 신경질적으로 가스레인지 불을 껐다.

거실로 달려가 수화기를 집어 드는데, 바닥에 누워 그놈의 《먼 나라 이웃 나라》를 읽고 있는 정민의 뒤통수가 눈에 들어왔다. 허리를 꼿꼿이 세우고 눈을 감은 채 소파에 앉아 있는 남편의 모습도. 나는 수화기를 집어 들며 짜증을 냈다.

"어떻게 전화 받는 사람이 한 명도 없어?"

남편과 정민이 동시에 나를 쳐다봤다. 두 사람 모두 억울하다는 눈빛이었다. 어처구니가 없었다. 뭐가 그렇게 억울하지? 내가 지금 나폴리탄을 왜 만들고 있는데. 내가 만든 걸 결국 누가 먹는데?

"여보세요?"
"나다. 뭐 하냐."

엄마였다. 나는 대답했다.

"뭐 하긴요. 저녁 준비 하죠."

오랜만의 전화였다. 엄마와 나는 매일매일 다정하게 대화하는 사이는 아니었지만, 일주일이나 이 주에 한 번 정도는 짧게 통화했다. 내가 먼저 연락할 때도 있었고 엄마가 할 때도 있었다. 정민이 태어난 이후로는 엄마가 더 자주 했다. 대체로 엄마가 충고를 하고, 나는 멍하니 듣고만 있는 그런 대화이긴 했지만. 그런데 최근에는 엄마에게 통 연락이 없었다. 아마 내게 벌어진 일 때문인 것 같았다. 남동생이 말하길, 엄마가 나보다 먼저 알았다고 했으니까. 그랬다. 남편이 남동생에게 연락했을 때, 이미 다 알았다고 했다.

"그때 며칠… 엄마가 우리 집에 계셨거든. 가스 보일러가 고장 나서…."

남동생이 눈치를 보며 말했다. 나는 물었다.

"엄마가 뭐래?"
"뭘 뭐라고 해. 엄마 알면서."

그래. 내가 엄마를 좀 알지.

무엇이든 자신의 잣대로 상대를 평가하는 걸 좋아하는 사람. 목소리가 크고 고집이 센 사람. 그녀는 실수에는 엄격했지만 칭찬에는 박했다. 엄마는 자신의 그런 성격에 꽤 자부심을 가진 사람이었다. 그러니까 본인이 누군가를 쉽게 칭찬하지 않는 사람이라는 것. 눈이 높고 수준이 남다른 사람이라는 것. 엄마는 본인이 남들보다 더 냉정하고 창의적인 평가를 할 줄 안다고 믿었다. 그런 기억이 난다. 어린 시절, 내가 수학 시험을 만점 받아 오자 엄마는 시험지를 한번 쓱 쳐다보고는 이렇게 말했었다. "그래도 머리는 네 동생이 더 좋지."

깊은 밤들

한번은 또 그런 적이 있었다. 고등학교 때인가. 교련 시간에 야외 실습을 나갔다가 도시락 통을 잃어버렸다. 황당한 사건이었다. 엄마는 나를 심하게 꾸중하며 당장 되찾아 오라고 했다. 내가 물건을 함부로 여겨서 벌어진 일이라며 책임을 져야 한다고 했다. "못 찾아오면 앞으로 점심 도시락은 없어. 알겠어?" 책임. 너의 문제. 네 탓. 네가 해결해야 하는 일. 나는 버스를 타고 실습 장소로 되돌아갔다. 저녁이 되고 밤이 될 때까지 나는 지역 외곽의 그 커다란 체육관을 혼자 계속 돌아다녔다. 이미 청소와 뒤처리가 끝난 후라, 아무것도 찾을 수 없었다. 결국 포기하고 집에 돌아왔을 때 엄마가 물었다.

"찾았니?"

그게 전부였다. 내가 늦게까지 돌아오지 않아 걱정했다는 말은 없었다. 혹시 무슨 일 없었냐는 질문도 없었다. 이후 엄마는 정말로 내 도시락을 싸주지 않았다. 사정을 안타깝게 여긴 친구가 언니가 쓰던 거라며, 내게 오래된 도시락 통을 줬다. 거기에 밥을 싸면서 엄마는 말했다. "도시락 통이 너무 싸구려야."

그랬다. 그러면서도 재미있는 건, 본인의 실수를 인정하는 일은 절대 없었다는 것이다. 아주 간단한 것. 사소한 것. 글쎄. 너무 쉬운 거라서 그랬던 걸까. 지금도 기억한다. 엄마의 황당한 말실수들. 다른 것을 틀리다고 말하고, 공보물을 전단지라고 말하고, 대파를 쪽파라고 말하던… 그런 것들에 대해 지적하면, 엄마는 이루 말할 수 없이 심하게 화를 냈다. "학교 좀 다닌다고 잘난 척하는 거냐?" 한동안 나를 쳐다보지도 않았다.

그랬다.

그러나 놀랍게도, 할머니로서는 많이 달랐다.

"정민이 크리스마스카드 받았다."

"아 그래요? 애 바꿔 줘요?"

나는 속으로 웃었다. 좋았나 보네. 그래, 좋았겠지. 정말이었다. 남동생이 이렇게 말할 정도였다. "와… 엄마가 저렇게도 할 수 있었네?" 그랬다. 엄마는 정민이 하는 건 다 좋아했다. 걷는 것도 좋아했고, 웃는 것도 좋아했고, '할머니!'라고 부르는 것도 좋아했다. 다 예뻐했다. 그녀는 아이에게 선글라스를 사 줬고, 팝콘을 만들어 줬다. 함께 사진을 찍으러 갔고 극장에도 갔다. 《먼 나라 이웃 나라》 세트를 사 준 사람도 엄마였다. 그리고 입버릇처럼 정민에게 말했다. "세상에 정민아, 너를 낳은 건 네 엄마 인생에서 제일 잘한 일이야. 그렇지?" 그래서 나는 꽤 자주 엄마에게 정민을 맡겼다. 고민이 없었던 건 아니다. 결혼하면서 나는 절대로 엄마의 도움을 받지 않겠다고, 이제 엄마의 삶에서 완전히 떨어져 나가겠다고 결심했었으니까. 하

깊은 밤들

지만 나는 온종일 돌아다니며 다른 가정을 방문해야 하는 학습지 교사였고, 공무원인 남편은 야근이 많은 부서에만 발령이 났다. 그리고 어쨌든 정민이 할머니를 좋아했으니까. 두 사람은 함께 동네 이곳 저곳을 돌아다니며 맛있는 걸 사 먹고, 유유자적 시간을 보냈다. 가끔은 엄마가 아이를 집에 데려다줄 때도 있었다. 그러다 몇 번인가, 굉장히 늦게 온 적이 있다. 처음에는 그러려니 했는데, 자꾸 반복되니까 신경이 쓰였다. 하지만 엄마에게 말을 걸기가 싫어서, 정민에게 슬쩍 물어보았다. "뭐 하다 이제 온 거야? 뭐 재밌는 거 했어?" 그러자 정민은 황당하게도 이렇게 대답했다. "지름길에서 놀다 왔어." 무슨 말인가 싶었지만, 그냥 넘어갔다. 어쨌든 아이는 돌아왔고 행복해했으니까. 그랬다. 당시 정민의 일기에는 온통 할머니 이야기만 가득하다. 그리고 이제 와서는 조금 인정한다. 엄마가 정민을 그렇게 아껴 주었기 때문에, 내 아이의 어린 시절이 다정함으로 가득할 수 있었던 거라고. 그게 지금의 정민을 만든 소중한 기억 중 하나일 거라고. 그랬으니, 그럴 정도였으니 정민이 할머니에게 보낸 카드에 사랑한다는 말을 적은 건 전혀 이상한 일이 아니었다.

하지만 엄마는 한숨을 쉬었다. 그러고는 건조한 말투로 말을 이었다.

"넌 애한테 뭘 가르치는 거냐?"

"네?"

"정민이 말이야. 애가 아홉 살인데, 아직도 맞춤법을 틀려?"

나는 당황했다. 뭐라고? 엄마가 빠르게 말을 쏟아 냈다. "사랑해요. 건강하세요"가 "사랑해요. 건강하새요"로 쓰여 있었다고. 엄마는 ㅔ와 ㅐ를 구분하지 못하는 것이 얼마나 창피한 일인지에 대해 계속 설명했다. 이건 심각한 일이야. 정민이 공부 안 시킬 거니? 대학 안 보낼 거야? 아이는 결국 엄마를 원망해. 뭐든지 엄마 탓을 한다고. 그 순간, 나는 정민을 향해 고개를 돌렸다. 가르마가 훤히 드러난 아이의 둥근 정수리가 보였다. 작고 연약한 내 아이의 머리. 정민은 눈물이 쏙 빠지게 혼나도, 내가 머리를 살짝만 쓰다듬어 주면 곧장 부드럽게 안겨 오곤 했다. 그랬다.

나는 엄마의 말을 자르며 물었다.

"엄마, 오랜만에 전화했네."

"어?"

"있잖아. 엄마. 나한테 할 말이 그것밖에 없어?"

조용했다. 엄마는 아무 말이 없었다. 침묵만이 이어졌다. 나도 엄마를 다시 부르지 않았다. 수화기를 내려놓았다. 뒤에서 정민이 물었다.

깊은 밤들

"할머니야?"

그래, 할머니야. 네가 그토록 사랑하는 할머니. 그리고 너를 엄청나게 사랑하는 할머니. 그 할머니가 네가 창피하대. 아주 창피해 죽겠대. 어떤 마음이, 설명할 수 없는 격한 뜨거움이, 몸 깊숙한 곳에서부터 신경을 타고 찌르르 울려 왔다. 나는 아이를 불렀다.

"정민아."

그리고 소리를 질렀다.

바로 그날이다. 내가 아이를 잃어버린 날.

*

언제였던가. 말다툼을 하던 중 남편이 이렇게 말했다. "너는 훈육을 하는 게 아니야. 화를 낼 뿐이야. 너는 그냥 네 감정을 애한테 풀고 있어. 이건 다 화풀이라고!" 남편의 말은 내게 상처를 줬다. 다른 어떤 말보다도 더 그랬다. 나는 지지 않고 대꾸했다. "너는 그럼 좋은 아빠야? 애가 그린 그림 속에 너는 아예 존재하지도 않아. 동그라미 몇 개만 그려져 있어. 그게 뭔지 알겠어? 애한테 너는 아예 존재하지도 않아. 너는 그냥 텅 비어 있다고!"

지금은 그로부터 많은 시간이 지났고, 이제 나는

남편과 그런 식으로 다투지 않는다. 싸움을 하지 않는다는 게 아니라, 상대에게 더 상처 입히기 위해 안달 내지 않는다는 뜻이다. 하지만 때때로 그의 말이 내 머릿속을 스쳐 지나갈 때가 있다. 그와 함께 산책을 하고 장을 보고 돌아오는 길에, 함께 밥을 먹고 눈밭을 걸으며 손을 잡을 때, 그때 그의 목소리가 내 마음을 날카롭게 긁고 지나간다. 그때마다 내 마음은 옛날처럼 요동친다. 그를 후려치고 싶은 충동에 사로잡힌다. 하지만 나는 그 마음을 잘 다독여 흘려보낸다. 나 역시 그에게 상처를 줬다는 걸 알고 있고, 그 역시 옛일을 떠올릴 때마다 매우 많은 노력을 한다는 걸 알고 있기 때문이다.

*

나는 거실을 왔다 갔다 하며 정민에게 소리쳤다. 잘못됐다고. 다 잘못됐다고! 카드가 엉망진창이라고. 맞춤법을 틀렸다고 말이다. 그래. 아직도 기억하고 있다. 나는 정민에게 너 때문에 나까지 욕을 먹는다고 말했고, 창피하다고 말했다. 그러니까 쓸데없이 크리스마스카드를 왜 보내냐고도 했다. 그래. 정말로 다 기억하고 있다.

"좋아? 이따위 걸로 엄마 망신 주니까 좋냐고!"

그 순간 정민이 나를 똑바로 쳐다보았다. 나는

깊은 밤들

아이가 서러워한다는 걸 알았다. 수치스러워한다는 것도 알았고, 그 때문에 한동안 밤잠을 설치리라는 것도 알았다. 나는 아이의 속이 빤히 보였다. 그래. 확신했다. 나는 아이의 속을 다 알고 있다고. 그래서 아이가 꼴 보기 싫었다. 상처받은 얼굴이 싫었다. 나를 용서할 수 없다는 듯 쳐다보는 눈길이 싫었다. 그 와중에도 《먼 나라 이웃 나라》를 얌전히 끌어안고 있는 모습이 싫었다. 엄마가 온갖 생색을 다 내며 사 줬던 아이의 소중한 보물. "요즘 애들은 다 이거 읽는다더라. 너는 이것도 안 사 주고 뭐 했니." 그게 보물이라고? 너는 왜 그렇게 보물이 많아? 나는 적당히 끝내서는 안 된다고 생각했다. 쉽게 넘어가면 아이는 또 같은 실수를 저지를 것이다. 엄마는 나를 항상 봐주니까, 쉽게 용서하니까 괜찮을 거야. 그렇게 생각할 것이다. 그게 아이를 망치고 말 것이다. 형편없는 어른이 될 것이다. 나는 생각했다. 이 순간 더더욱 엄격해야 한다고. 아이는 느껴야 한다. 엄마에게 꾸중을 들을 때면, 이 세상 어디로도 도망갈 수 없다고, 그렇게 느껴야만 한다.

그로부터 몇 년 뒤, 조카가 태어나던 날 남동생이 전화를 걸어 이렇게 말했다. 엄마처럼 아이를 키우고 싶지 않다고. 그런데 다른 방법을 모르겠다고. 그게 너무 무섭다고.

누나는 어떻게 했어? 응?

나는 정민에게 말했다. 알림장을 가져오라고. 숙제와 문제집도 다 가져오라고 했다. 맞춤법 검사를 해야겠다고 말했다. 그래야 했다. 앞으로 정민이 다시는 실수하지 않으려면 말이다. 그러면 엄마가 내게 전화를 걸어서 "네 탓이야. 네 잘못이야"라고 말하는 일 따위는 벌어지지 않겠지. 그래. 내 딸은 또다시 내가 그런 수모를 겪도록 하지 않을 것이다.

그 순간, 남편이 소파에서 일어나 말했다.

"그만해. 제발… 그만 좀 해."

*

며칠 전 정민이 나폴리탄을 만들어 달라고 했다. 내가 채소를 손질하는 동안, 정민이 파스타 면을 삶았다. 정민은 굴소스가 많이 들어가는 게 좋다고 했다. "계란프라이를 올리면 더 좋고." 그래서 나는 프라이팬 하나를 더 꺼내서 계란을 올렸다. 그때 정민이 물었다. 엄마는 나폴리탄을 언제 처음 먹어 봤냐고. 나는 대답했다.

"할머니가 만들어 줘서 먹었지."

정민은 잠시 생각하다 다시 물었다.

"할머니도 계란프라이 올려 줬어?"

깊은 밤들

나는 대답했다.

"응. 당연하지."

*

나는 눈앞에 펼쳐진 어둑어둑한 내리막길을 내려다보았다. 추웠다. 한 손으로 코트 목 부분을 꽉여몄다. 길 양쪽에 늘어선 상가와 주택들의 불이다 꺼져 있었다. 내리막길 너머의 2차선 도로 역시텅 비어 있었다. 그때 손안에서 작은 움직임이 느껴졌다. 정민이었다.

아이가 물었다.

"어떻게 갈 거야?"
"택시 타야지."

솔직히 자신은 없었다. 유독 사람이 적은 이 동네에서 택시를 잡을 수 있을까? 이 밤중에? 게다가 아이도 신경 쓰였다. 정민은 이 시간, 그러니까밤 11시가 넘은 한밤중에 밖에 나온 적이 없었다. 나는 늘 강조했다. 아이들은 밤늦게 돌아다니면 안된다고. 특히 어두운 곳에 가면 안 된다고. 하지만이번에는 어쩔 수 없었다. 한밤중에 아이를 집에혼자 두고 나올 수는 없었으니까.

엄마에게 가는 길이었다.

정민이 도로를 물끄러미 바라보았다. 표정이 여전히 뾰로통했다. 그래도 집에서 나올 때보다는 많이 부드러워진 표정이었다. 할머니 집에 간다는 사실 때문에 그런 듯했다.

나는 찬 바람을 밀어내며 아래로 걷기 시작했다. 정민이 내 옆에서 함께 걸었다. 발바닥이 딱딱했다. 입에서는 하얀 입김이 훅훅 밀려 나왔다. 정민이 물었다.

"그런데 할머니한테는 왜 가는 거야?"
"할 말 있어서."
"무슨 말?"

나는 입을 다물었다. 아이를 무시한 건 아니었다. 그저 너무 많은 말들이 떠올라 혼란스러웠을 뿐이다. 그러나 그 말들보다 내 마음을 더 깊게 지배하는 것이 있었다. 바로 침묵. 나에게 할 말이 그것밖에 없냐고 물었을 때, 되돌아왔던 침묵. 나는 항상 그 적막에 익숙했다. 편안했다는 뜻이 아니다. 나는 침묵 앞에서 항상 더 초조해지고, 불안해졌다. 그 조용함. 고요함. 네가 원하는 어떤 말도 해 줄 수 없다는 태도.

그만 좀 해.

남편은 그 말을 남기고 집에서 나갔다. 마치 모든 것이 내 탓이라는 듯. 나는 이해할 수 없었다.

깊은 밤들

왜 다들 내게 잘못을 돌리지? 왜? 나는 방으로 들어가 누웠다. 그리고 생각을 했다. 배신에 대한 생각. 배신자를 어떻게 처리할지에 대한 생각. 올케가 집에 다녀갔던 날, 나는 곧장 남편에게 전화를 걸었다. 그는 일찍 퇴근을 하고 돌아왔다. 그리고 사과를 했다. 미안해. 정말 미안해. 이런 말도 했다. 나는 걔가 그럴 줄 몰랐어. 다른 사람은 몰라도 그 녀석은 정말 믿었어. 나에게도 비슷한 일이 생긴다면, 그 녀석이 나서 줄 거라 생각했어. 아니야. 모르겠어. 사실 나는 증명하고 싶었던 것 같아. 나는 남들과 다르다고. 어떤 믿음의 가치를 갖고 있는 사람이라고. 수준이 다르다고. 서로 뭐든 내줄 수 있는 친구가 있는 사람이라고. 울먹이며 터져 나오는 그의 진심을 들으며, 나는 같잖다고 생각했다.

그랬다.

그는 내가 한 푼 두 푼 아껴 가며 장을 보고, 어떻게든 돈을 모으려 애를 쓴다는 걸 알았다. 학습지 교사들 중에 차가 없는 사람은 나뿐이었다. 반짝이 풀 때문에 말다툼을 벌였을 때, 나는 말했다. "그게 비싸! 다른 학용품보다 비싸다고!" 하지만 아이에게 돈 때문에 물건을 사 줄 수 없다는 말을 하고 싶지 않았기 때문에, 온갖 이유를 다 붙여 가며 안 된다는 말을 했어야 했다고 소리 질렀다. 요즘 애들이라면 다 갖고 있다는 《먼 나라 이웃 나라》를 사 주지 않았던 것도 결국은 돈 때문이었다. 조금만, 조금만 더 있다가 사 주자. 그래도 괜찮을 거야. 그걸 알면서, 다 알고 있으면서 그 미친 짓거리를 벌였다는 게 정말 같잖았다.

그리고 사과를 한 이후, 그는 조용해졌다. 집에 오면 소파에 멍하니 앉아 시간을 보냈다. 그곳에서 잤다. 정민이 학원에 가거나 친구들을 만나러 갔을 때, 그래서 우리 둘만 남게 되었을 때도 마찬가지였다. 그는 내게 절대로 말 걸지 않았다. 그와 나 사이에는 오로지 침묵만 존재했다. 글쎄. 그가 모든 사람을 피했다는 걸 위안으로 삼아야 할까? 그는 누군가 집 초인종을 눌러도 나가 보지 않았고, 걸려 오는 전화를 받지도 않았다. 그러더니 겨우 꺼낸 말. "그만 좀 해." 그리고 그는 사라졌다. 침묵만을 남겼다. 아, 정민의 침묵도 있었다. 그와 내가 싸우는 내내 방에 틀어박혀 숨 쉬는 소리도 내지 못하던 나의 딸. 이 상황이 빨리 끝나기만을 기다리고 있는, 수치심에 사로잡힌 아이. 그리하여 나는 다시 엄마의 침묵으로 되돌아왔다. 내게 안 좋은 일이 생겼다는 걸 알면서도 한 달 내내 전화 한 번 없었던 엄마. 그래. 나도 전화하지 않았다. 무슨 말을 들을지 뻔했으니까. 남편이 처음으로 인사를 왔을 때, 엄마는 그에게 미소 한번 건네지 않았다. 엄마는 결코 누군가를 쉽게 칭찬하는 사람이 아니었으니까. 남편이 그녀의 수준을 만족시킬 수는 없었겠지. 그랬겠지. 엄마는 그저 남편에게, 나와 언제 결혼할 거냐고만 물었다. 그러더니 그가 집으로 돌아간 후, 권위적인 목소리로 이렇게 말했다. "그 사람 말이다. 내가 커피를 내줬는데, 다 안 마시고 조금 남기더구나." 이후 어떤 말도 하지 않았던 엄마. 그러더니 내 딸이 맞춤법을 틀리자마자 득달같이 전화를 했다. 내가 만든 것 중 가장 제일이라더니. 마치 그게 망가진 것처럼. 아니, 애초 내가 그렇게 귀한 걸 만들었을 리가 없었다는 것처럼. 그래. 그럼 그렇지. 그래서 나는 물었다. "할 말이 그것밖에 없어?" 하지만 이어지는 침묵. 고요함. 나는 생각하고 또 생각했다. 제자리걸음하듯 맴돌고 또 맴돌았다. 어디서부터 잘못된 거지? 무엇이 잘못된 거지? 나는 침묵이 지긋지긋했다. 더는 이런 적막 속에 살고 싶지 않았다. 나는 대답을 원했다. 그 순간 정신이 쑥 빠져나가는 듯했다. 그랬다. 마치 내 안의 뭔가가 사라져 버린 것 같았다. 그리고 그 안을 어떤 말들이 채웠다. 엄마를 향한 말들. 반드시 해야만 하는 말들. 엄마, 내가 걱정된다거나, 무슨 일이 있을까 봐 염려스럽다거나, 그런 말은 없어? 내 마음이 어떤지 궁금하지 않아? 나는 생각했다. 그래. 엄마를 만나야겠다. 이 말을 다 쏟아 내야겠다. 그래야 내가 살겠다.

저 멀리, 차도를 지나가는 택시 한 대가 보였다.

"정민아, 저 차 잡자!"

우리는 내리막길을 거의 한달음에 뛰어 내려왔다. 하지만 택시는 지나가 버렸다. 나는 숨을 몰아 내쉬며 택시 뒤에서 손을 흔들었다. 하지만 차는 돌아오지 않았다. 텅 빈 도로에 찬 바람만 거칠게 오갔다. 좀 더 큰길로 나가야 하나. 하지만 이 동네에 큰길이 어디 있다고? 그때 뒤에서 어떤 소리가 났다. 나는 급히 몸을 돌렸다. 택시 한 대가 이쪽으로 달려오고 있었다. '빈 차'라는 빨간 표시등을 환하게 켜고서.

나는 손을 흔들었다. 찬 바람이 입 안으로 밀려들었다. 힘껏 붙든 정민의 손이 점점 차가워졌다. 나는 마음이 급해졌다. 차도 안으로 한 발을 디뎠다. 택시가 점점 가까워졌다. 나는 더 거세게 손을 흔들었다. 그 순간, 택시의 전조등이 꺼졌다. '빈 차' 표시등도 꺼졌다. 나는 그 자리에 그대로 섰다. 택시가 우리 앞을 유유히 지나갔다. 심장이 얼어붙는 느낌이 들었다. 개자식. 나는 주먹을 쥐었다.

그때였다. 정민이 말했다.

"엄마, 우리 걸어가자."

지름길을 안다고 했다. 그게 무슨 소리야? 싫었지만, 나는 그냥 정민이 앞서 걷게 내버려 두었다. 추웠고 기운이 없었다. 눈앞에서 택시를 두 대나

깊은 밤들

놓쳐서 그런지, 이게 무슨 짓인가 싶기도 했다. 그래. 나 지금 뭐 하는 거지? 사람 한 명 지나가지 않는 어둑어둑한 길가에서? 그것도 어린 딸을 데리고? 하지만 앞장선 정민은 조금 신이 나 보였다. 어깨를 으쓱거리며 팔을 앞뒤로 씩씩하게 흔들고 있었다. 나는 한숨이 나왔다. 할머니 집에 가는 게 그렇게 좋니. 맞춤법 좀 틀렸다고 따져 대는 그 노인네가 그렇게 좋아? 밉지도 않니?

나는 코트 주머니에 양손을 집어넣었다. 어깨를 웅크렸다. 엄마 집에 가는 길은 나도 잘 알았다. 차도 옆의 도로를 쭉 걸어가면 오래된 육교가 나온다. 길가에는 낡은 집과 상가, 고물상, 점집, 철물점 같은 가게들이 늘어서 있다. 한때는 그래도 장사가 되었던 모양인데, 이제는 거의 다 빈집이다. 아무튼 그 육교를 건너 방향을 꺾으면 오르막길이 나오는데, 그 언덕 너머가 엄마의 동네. 걸어서 갈 만하지만, 그렇다고 엄청나게 가까운 거리도 아닌 곳. 엄마와 나는 딱 그만큼의 거리를 두고 살았다. 그 사실에 특별히 어떤 의미를 부여한 적은 없다. 그런데 지름길이라. 정말 그런 게 있었나?

아이랑 걸어서 그런지 평소보다 걸음이 빨라지는 것 같았다. 이전 같으면 시간이 조금 더 걸렸을 것 같은데, 어느새 육교가 눈에 보였다. 설마 이런 걸 두고 지름길이라고 한 건 아니겠지…. 그건 그렇고, 저 높은 계단을 다 걸어 올라갈 생각을 하니 약간 심란했다. 추위 때문에 무릎과 정강이가 뻑뻑하고 시렸다. 그때였다. 정민이 갑자기 육교를 향해 뛰기 시작했다. 나는 반사적으로 외쳤다. 뛰지 말라고, 넘어진다고. 그리고 생각했다. 감기 걸리면 어떡하지? 병원 데려갈 시간도 없는데. 하지만 정민은 점점 더 빨리 뛰었다. 내게서 자꾸만 멀어졌다. 그 바람에 나도 함께 뛸 수밖에 없었다. 하지만 내가 따라잡기도 전에 정민이 먼저 육교 밑에 도착했다. 그리고 나를 돌아봤다. 나는 뜀박질을 멈추고 숨을 몰아 쉬었다. 나무라고 싶은 마음이 들었지만, 너무 숨이 차서 말이 잘 나오지 않았다. 그래. 뛸 수도 있지. 무사히 도착했으면 된 거지. 나는 정민을 향해 손을 흔들었다. 괜찮으니까 육교 위로 올라가라는 뜻이었다. 그런데 정민이 움직이지 않았다. 아, 나를 기다리는 건가?

아이가 손가락으로 육교 옆에 있는 낡은 건물의 문을 가리켰다. 나는 손가락을 따라 시선을 옮겼다. 아는 건물이었다. 내가 어렸을 때부터 이 길가에 자리하고 있던, 지붕에 기와를 얹은 2층짜리 목조건물이었다. 주변의 다른 건물들에 비해 좀 과하게 컸고, 묘하게 엄숙한 분위기를 풍겼다. 그리고 늘 비어 있었다. 내가 아는 한 그랬다. 이 건물은 동네와 함께 낡아 갈 뿐, 그 누구도 안에 들인 적이 없었다. 언젠가 엄마에게 물었더니 그녀는 별걸

깊은 밤들

다 궁금해한다는 말투로 대답했다. "그냥 이것저것 다 파는 곳이었어. 장사가 잘됐어. 자식들을 다 먹여 살렸지." 그런데 이 건물이 왜? 나는 정민에게 다시 시선을 돌렸다. 정민은 건물의 현관문을 뚫어져라 바라보고 있었다. 마치 그 철제문 너머에 아는 사람이라도 있는 것처럼. 아니, 누군가 그 안에서 자신을 부르기라도 하는 것처럼. 갑자기 마음이 덜컥 가라앉았다. 얘가 왜 이러는 걸까. 나는 다급히 앞으로 걸어갔다. 딸을 향해 손을 뻗었다. 내 손끝이 정민의 옷자락에 살짝 닿았다. 그 순간, 정민이 건물의 문을 벌컥 잡아당겨 열었다. 안으로 뛰어 들어갔다.

나는 비명을 질렀다.

"정민아!"

나는 아이의 이름을 외치며 곧장 건물 안으로 따라 들어갔다. 아무것도 보이지 않았다. 대답도 들려오지 않았다. 세상에, 지금 무슨 일이 일어난 거지? 추위가 더 깊게 느껴졌다. 몸이 떨렸다. 이가 딱딱 부딪쳤다. 오래된 나무 냄새와 먼지 냄새가 뒤섞여 났다. 아니, 그냥 뭔가가 썩은 냄새 같았다. 나는 계속 주위를 두리번거렸다. 이곳저곳으로 손을 뻗었다. 하지만 아무것도 만져지지 않았다. 이곳에는 나 혼자 있었다.

서서히 어둠에 익숙해지며 건물 안의 모습이 눈에 들어왔다. 밖에서 상상했던 것과 달리 건물 내부는 무척 좁았다. 작은 방 하나가 펼쳐져 있을 뿐이었다. 책상이나 캐비닛 같은 흔한 가구조차 보이지 않았다. 나는 숨을 몰아 내쉬며 다시 정민을 불렀다. 내 목소리가 공간에 꽉 들어찼다. 그리고 금세 내게 되돌아왔다. 딸을 찾는 목소리. 딸을 놓친 엄마의 목소리. 겁이 확 났다. 정민을 잃어버린 걸까. 세상에, 단 한 번도 생각해 본 적 없는 일이었다. 내게는 절대로 일어나지 않을 거라 생각했던 일이었다.

지금 그 일이 일어난 걸까?

"정민아!"

하지만 아이의 대답은 들려오지 않았다. 혹시 2층으로 갔나? 그러나 위층으로 가는 계단을 전혀 찾을 수가 없었다. 대체 어떻게 올라가는 거지? 혹시 내가 모르는 사이 정민이 다시 밖으로 나간 게 아닐까? 하지만 언제? 나는 미친 사람처럼 좁은 방 안을 빙글빙글 돌며 생각했다. 애초에 데리고 나오지 말았어야 했어. 그냥 집에 두고 나왔어야 했는데. 잠들어 있는 걸 깨우지 말았어야 했는데. 아니, 나도 나오지 말걸. 그래야 했는데. 그랬어야 했는데. 그러다 문득 정민에게 저녁을 먹이지 않았다는 사실이 떠올랐다. 만들다 만 나폴리탄. 나는 차

깊은 밤들

가운 손바닥으로 얼굴을 감싸 안았다. 남편이 집을 나간 후, 나는 분노를 삭이느라 정민에게 밥을 챙겨 줘야 한다는 생각조차 못 했다. 나의 마음에만 몰입해 있었다. 하지만… 왜? 왜 내게 자꾸만 이런 일이 생기는 거지? 왜 아픈 건 다 나의 몫이지? 남편이 집을 나가지 않았다면, 빌어먹을 빚을 지지 않았다면, 이런 일은 없었을 텐데. 그리고 엄마가 전화를 하지 않았더라면. 아니, 애초 정민이 엄마에게 크리스마스카드 따위를 보내는 걸 막았어야 했다. 그런 생각조차 할 수 없게 했어야 했어. 엄마에게서 정민을 떼어 놨어야 했는데. 내 딸에게 손도 대지 못하게 했어야 했는데. 그래. 결국은 또다시 엄마 탓이었다. 엄마 때문이었다. 엄마 때문에 내 딸을 잃어버렸다.

오래전, 체육관을 돌아다니며 도시락 통을 찾던 날이 떠올랐다. 사실 그건 내가 잃어버린 게 아니었다. 도둑맞은 거였다. 실습을 하러 자리를 비운 사이, 누군가 우리 반 애들 가방을 뒤졌다. 누군가는 돈을 잃었고, 누군가는 체육복을 잃었다. 황당하게도 나는 도시락 통을 잃어버렸다. 그 사실을 말하지 않은 건, 엄마가 무슨 말을 할지 알았기 때문이다. "그러니까 잘 보관했어야지." 그래, 그랬을 테니까. 아니다. 나는 일부러 말하지 않았다. 혹시나 하는 마음 때문이었다. 엄마가 안타까운 표정으로 이렇게 말할까 봐. "괜찮아. 다 괜찮아. 별일 아니야." 그랬다. 나는 엄마에게서 그 기회를 박탈하고 싶었다. 엄마가 억울한 나를 벌주길 바랐다. 엄마의 마음에 자기도 모르는 빚이 쌓이기를 바랐다. 그래서 언젠가 내가 엄마를 완전히 떠날 수 있게 되었을 때, 뒤도 돌아보지 않을 수 있기를 바랐다. 미련은 오직 엄마의 몫이기를. 죽는 순간까지 오로지 그녀의 품 안에만 남아 있기를.

"엄마!"

나는 고개를 번쩍 들었다. 정민의 목소리였다. 이어 위층에서 탁탁탁, 발소리가 들려왔다. 나는 소리를 따라 고개를 움직였다. 그러다 방 한쪽 구석에 자그마하게 걸려 있는 사다리를 발견했다. 언제부터 여기 있었지? 분명 조금 전까지만 해도 없었는데. 나는 사다리 위의 뻥 뚫린 공간을 멍하니 올려다봤다. 갑자기 그 순간, 정민의 얼굴이 나타났다.

"엄마, 왜 안 올라와?"

나는 2층에 올라가자마자 정민의 어깨를 붙들고 소리쳤다.

"어디 갔었어! 너 제정신이야?"

정민이 주눅 든 표정으로 나를 쳐다봤다. 금방이라도 울음을 터뜨릴 것 같았다. 원망하고 미워하는

깊은 밤들

눈빛으로 나를 쳐다봤다. 작은 목소리로 대답했다.

"내가 아까부터 엄마 불렀잖아. 2층으로 올라오 라고…."

정민의 말에 나는 한숨을 쉬었다. 안도와 불안이 동시에 어지럽게 밀려왔다. 그제야 2층 내부가 보였다. 1층과 똑같았다. 작은 방 하나가 덩그러니 펼쳐져 있었고, 역시 아무것도 없었다. 정말로 여기는 뭐 하는 곳이었을까. 니는 잠시, 이 건물의 다른 모습을 상상했다. 물건이 끊임없이 오고 가고, 이 사람 저 사람의 목소리로 시끌벅적한 기와집. 모두가 좋아하고, 가 보고 싶어 하는 그런 곳. 정민은 이런 곳을 어떻게 알고 있는 거지? 하지만 지금 중요한 건 그게 아니었다. 나는 정민의 손을 잡고, 사다리 쪽으로 이끌었다. 이제 다시는 놓치지 않을 생각이었다. 그런데 느닷없이 정민이 온몸에 힘을 주고 버텼다.

"왜 나가? 이제 지름길 나오잖아."

"지름길?"

"응, 저기가 할머니 집으로 가는 길이잖아."

정민이 가리키는 방향에 커다란 창문 하나가 있었다. 그러나 글쎄, 저걸 창문이라고 할 수 있을까. 그건 성인이 충분히 통과할 만한, 큼지막한 미닫이 문에 더 가까웠다. 이상한 노릇이었다. 아이가 말할 때마다, 내가 못 본 것들, 찾지 못한 것들이 자꾸만 튀어나오고 있었으니까. 그리고 좀 해괴했다. 어떻게 집에 저런 문이 있을 수 있지? 이 집은 왜 모든 문이 다 열려 있는 거지? 게다가 문 너머로 나가면 길이 나온다고? 이게 다 무슨 소리야? 이상했다. 이 건물은 분명 이상했다. 그런 느낌이 들자마자, 온몸에 소름이 끼쳤다. 그랬다. 마치 이 건물은 꼭 살아 있는 것만 같았다. 뭐라고 해야 할까. 그래. 방해하고 싶어 했다. 나와 정민의 사이를 주시하며 빙글빙글 맴돌고 있었다. 그러다 약간의 틈이라도 발견하면 재빨리 달려들어 내 아이를 데려가려 하고 있었다. 내게서 빼앗아 가려고. 완전히 잃어버리게 하려고. 나는 정민을 몸 쪽으로 바짝 끌어당겼다. 어서 이 집에서 나가야 했다. 더는 이곳에 있고 싶지 않았다. 하지만 정민이 고집을 부렸다.

"엄마! 저기로 나가면 된다니까!"
"너 진짜 왜 그래!"

정말 미칠 것 같았다. 나는 아이에게 소리 지르는 엄마가 되고 싶지 않았다. 내 뜻대로 되지 않는다고 해서, 아이에게 윽박지르는 그런 사람이 되고 싶지 않았단 말이다. 진심이었다. 정민을 나처럼 키우고 싶지 않았다. 나 같은 사람이 되게 하고 싶지 않았다. 세상에 그런 엄마가 어디 있는가. 있는가? 그러한가? 나의 상처, 기억, 분노, 서러움과

깊은 밤들

치욕스러움. 몰래 숨겨 놓은 비밀스러운 기억들. 그 기억들을 만든 또 다른 지독한 기억들. 나는 그 것들을 아이의 삶에 덧씌우고 싶지 않았다. 그러기 위해 얼마나 노력했던가. 매일 밤 얼마나 다짐했던가. 내일은 아이에게 화를 내지 말자고. 소리 지르지 말자고. 아이의 말을 자르지 말자고. 아이에게 한 번만 더 웃어 주자고. 이야기를 들어 주자고. 하지만 정민을 마주하고 있다 보면, 나도 모르게 고함이 터져 나왔다. 내가 들었던 것과 똑같은 말을 내뱉게 되었다. 그래서 미웠다. 그래. 나는 아이가 미웠다. 나를 소리 지르게 만드는 아이가 너무나도 미웠다.

"너 나중에 딴소리하지 마!"

나는 그렇게 말하며 정민의 팔을 세게 잡아끌었다. 그래. 보자. 한번 보자. 창문으로 나가면 길이 나온다고? 그래. 네가 얼마나 말이 안 되는 소리를 하고 있는지 한번 보자. 이걸 두고 또 무슨 소리를 하는지 한번 보자고. 나는 정민과 함께 성큼성큼 앞으로 걸어갔다. 그리고 창문 앞에 섰다. 숨을 크게 들이마셨다. 정민의 우쭐거리는 목소리가 들려왔다.

"내 말 맞지?"

아니. 틀렸다. 물론 창문 너머에 길이 있기는 했다. 건너편 건물의 옥상으로 이어지는 다리가 있었다. 거대한 철근으로 만들어진 매우 튼튼해 보이는 다리였다. 두 사람이 함께 걸을 정도로 꽤 넓었고, 양쪽에는 역시나 철근으로 만들어진 손잡이가 길게 연결되어 있었다. 아마 이 건물과 저 건물의 주인이 같았던 모양이다. 돈도 많았던 모양이고.

하지만 이건 절대 지름길이 아니었다. 안쪽과 바깥쪽. 이 길을 건너간다고 해서 달라지는 건 없었다. 오히려 이건 더 멀어지는 길이었다. 반대쪽에서 육교를 건너 직진하면 되는 길을, 왜 굳이 어렵게 돌아서 간단 말인가. 이 다리를 건너면 갑자기 엄마의 집이 짠, 하고 나타난다거나 새로운 동네가 나타나기라도 하나? 그럴 리 없지 않은가. 이건 마법도 무엇도 아니었다. 지름길이 아니었다. 돌아가는 길이었다.

"정민아… 이건 지름길이 아니잖아."
"맞는데?"
"누가 그래."
"할머니가."

그 순간 정민이 창을 밀어 열었다. 바깥공기가 혹 밀려들었다. 정민은 빨리 건너가자는 듯 내 팔을 잡아당겼다. 나도 모르게 힘없이 바깥으로 끌려 나왔다. 차가운 철근 바닥을 밟으며 나는 생각했다. 지금 이게 다 뭐지? 익숙한 동네. 엄마와 나 사이에 머물러 있는, 오래된 터전. 낯익은 지붕들이

깊은 밤들

내 발아래로 주르륵 이어졌다. 늦은 시간이었건만, 곳곳에서 불빛들이 깜빡였다. 나는 물었다.

"정민아, 할머니가 이 길이 지름길이라고 했어?"
"응."
"정말로?"
"응, 왜?"

나는 힘없이 앞을 바라보며 걷다가 피식 웃었다. 엄마가 대파를 쪽파라고 불렀을 때, 틀린 걸 다르다고 말했을 때, 그래, 그때도 이런 기분이었지. 그리고 나는 그 순간을 놓친 적이 없다. 절대로 엄마를 봐주지 않았다. 그래. 나는 배운 대로 했다. "어른이 이런 걸 틀려? 너무 창피하네." 엄마가 화를 내든 말든 상관없었다. 그건 기회였다. 엄마를 무너뜨리고 내가 올라설 수 있는 절호의 순간. 그러니까 이것 역시 또 다른 기회겠지. 그러자 갑자기, 내내 가슴속에 맺혀 있던 말들이 어딘가로 다 밀려 내려가는 기분이 들었다. 그리고 그 자리에 다른 말들이 차올랐다. 그래. 다시 한번 그런 일이 일어났다. 엄마, 애한테 무슨 말을 한 거야? 왜 그런 말을 한 거야? 엄마, 혹시 지름길이 무슨 뜻인지 몰랐던 거야? 엄마, 아직도 대파를 쪽파라고 부르는 거 아니지? 엄마, 내 아이를 망칠 셈이야? 내가 만든 가장 귀한 걸? 하지만 그 순간… 내 손에서 작은 움직임이 느껴졌다. 정민의 손. 따뜻하고 부드

럽고, 말랑말랑한 내 아이의 손. 그런 생각이 들었다. 내가 지름길에 대해 말한다면, 그 말실수를 지적한다면, 엄마는 정민을 계속 사랑해 줄까? 그럴 수 있을까? 아닐 것 같았다. 그랬다. 정민 앞에서 망신을 당한다면 엄마의 마음은 결코 회복되지 않을 것이다. 그럴 것이다. 엄마는 정민을 외면할 것이다. 아이가 그 배신을 받아들일 수 있을까. 나는 자리에 멈춰 섰다. 한 손으로 다리 손잡이를 꽉 잡았다.

이 모든 게 다 유치했다.

정민이 무슨 일이냐는 표정으로 나를 올려다봤다. 나는 아이의 머리를 쓰다듬었다. 아마 엄마가 배신한다 해도, 아이는 다 용서할 것이다. 무슨 일이 벌어지든 그렇게 할 것이다. 이미 용서하지 않았는가. 맞춤법 좀 틀렸다고 전화한 할머니를. 그리고 그 소리를 듣고 못 견디겠다는 듯 화를 낸 엄마를 말이다. 그렇지 않으면 이렇게 내 손을 꼭 잡은 채, 굳이 지름길을 선택해 할머니의 집으로 갈 이유가 없지. 그렇지.

학교에 상담을 갔던 날. 담임선생님은 말했다. 미술 시간에 정민이가 그림을 제일 늦게 제출했다고. 이름 때문이었다. 부모님 그림을 그린 후, 엄마 아빠 대신 다른 이름을 붙여 보라고 했더니, 정민이 너무 깊게 고민을 하더라는 것이었다. 결국 정

깊은 밤들

민은 미술 시간이 끝날 때가 다 되어서야 그림을 겨우 제출했다. 그림에는 눈이 치켜 올라가고 팔짱을 낀 채 어딘가를 노려보는 여자가 있었다. 정민은 그 여자에 대해, 반짝이 풀로 이렇게 썼다. 그래도 계속 좋아하는 사람.

나는 종종 아이에게 묻고 싶었다. 어쩌면 매번 그렇게 나를 쉽게 용서하느냐고.

정민이 웃었다. 나는 양손으로 아이의 빨간 볼을 감싸며 물었다.

"기분 좋아?"
"응."
"뭐가 그렇게 좋아?"
"음. 모르겠어. 지금 그냥 너무 좋아."

그 순간이었던 것 같다. 그래. 아무도 믿지 않을 것이고, 이렇게 세월이 흐른 지금도 역시 믿을 수 없지만, 나는 보았다. 보았다고 생각한다. 아이의 미래를.

어처구니없는 소리라는 걸 안다. 말이 안 되는 이야기라는 것도 안다. 지금 이 순간에도 의심이 드니까. 그래서 생각한다. 그건 일종의 바람이나 확신이 아니었을까. 그러니까 꿈이 아니었을까. 절대로 마주치고 싶지 않은 미래의 반대편에서 날아온 어떤 카드 같은 것. 무언가를 간절히 기원하는 마음.

아니다.

나는 다시 믿는다. 분명 보았다고. 텅 비어 있는 건물 뒤쪽의 철근 다리 위에 멍하니 서서, 눈앞에 펼쳐진 미래의 얼굴을 보았다고. 새카만 눈동자와 잔뜩 신이 난 듯한 입꼬리. 충만한 표정. 그 무엇도 두려워하지 않는 눈빛. 결코 자신의 마음을 아끼지 않는, 그래서 언제든 모두를 잊고 앞으로 나아갈 수 있는 편안한 얼굴. 그랬다. 그랬단다. 나와 비슷한 방식으로 자랐기에, 너 역시 엄마를 용서하지 않기 위해 온갖 핑계를 찾아낼 줄 알았는데, 상처받고 싶지 않아서 먼저 상처를 주고, 믿지 않기 위해 먼저 믿음을 저버리는, 그러고서 그냥 모르는 척 살아가는, 사람의 역사에서 크게 벗어나지 않는 나 같은 인간이 되리라 생각했는데.

그랬는데.

아이가 먼저 내 손을 잡았다. 우리는 함께 다리를 건넜다.

돌아가는 길이었고, 깊은 밤이었다.

깊은 밤들

비망(備忘)

1

지난 1년, 그녀는 사람을 만나지 않았다. 매일 혼자 있었다. 이걸 어떻게 표현해야 좋을까. 그래 이런 문장이 좋겠다. '그녀는 세상으로부터 스스로를 격리했다.' 혹은 이런 문장. '그녀는 사람들과 자신 사이에 놓여 있던 다리를 끊어 버렸다. 파괴했다.' 이건 꽤 놀라운 일이었다. 그녀 주변 사람들의 말을 빌려 덧붙여 보자면 '믿을 수 없는 일'이기도 했다. '걔가? 세상에, 안타깝다. 정말 마음이 아파.' 왜냐하면 평소 그녀는 사람 만나는 걸 아주 좋아했기 때문이다. 그랬다. 그녀는 누군가와 약속을 잡고, 그날을 위해 옷과 구두, 가방을 고르는 그 모든 수고로운 일들을 진심으로 사랑했다. 특히 그녀는 지인의 결혼식을 앞두고 옷을 사는 걸 가장 좋아했는데, 신부보다 튀지 않으면서 모두에게 아름

비망(備忘)

다워 보이는 옷을 찾는 일만큼 그녀를 설레게 하는 건 없었다. 뭐랄까, 그건 일종의 퍼즐 맞추기와 비슷했다. 구멍에 맞는 조각을 찾아 완벽한 그림을 만들어 내는 것. 그 작품을 가장 보기 좋은 곳에 정성스레 걸어 두는 것. 그래서 모두 입을 모아 외치게 하는 것. "세상에, 이렇게 아름다울 수가!" 그녀의 딸은 종종 농담했다. "엄마는 공주병이야. 알고 있지?" 그녀는 딸의 목소리에 숨겨진 깊은 짜증을, 지긋지긋해하는 어떤 마음을 쉽게 눈치채곤 했으나, 그에 대해 특별히 내색한 적은 없다. 아무것도 모르는 척 콧노래를 흥얼거리다 무심한 목소리로 이렇게 대꾸했을 따름이다. "공주병은 아무나 걸리나?" 틀린 말은 아니었다. 그녀는 예뻤다. 물론 나이가 들면서 매끈하던 얼굴과 목에는 주름이 생겼고, 풍성하던 머리숱은 적어졌으며, 날씬하던 팔과 배에는 군살이 붙었지만 그녀는 여전히 예쁜 여자였다. 몇 년 전 언제였던가, 길에서 우연히 그녀를 만난 대학 동창이 깜짝 놀란 말투로 이렇게 말한 적이 있었다.

"세상에, 너 어쩌면 이렇게 여전해? 정말 예쁘다."

그리고 동창은 집에 돌아와 의문에 잠겼다. 음, 그렇게까지 감탄할 일이었던가? 왜 그랬지? 사실 동창은 그런 말을 스스럼없이 건네는 사람이 아니었던 것이다. 오히려 입을 다무는 쪽에 속했다. 모두가 무언가를 향해 찬사를 던지고 있을 때, 끝까지 침묵을 지키며 자신의 안목을 날카롭게 가다듬는 사람. 그렇게 자신의 남다름을 확인하며 안심하는 사람. 동창은 그런 사람이었다. 그런데 왜? 아무렇지 않게 그 말이 흘러나왔을까. 그리고 진심으로 궁금했다. "걔는 어떻게 그렇게 여전할 수 있지?" 그러다 문득 깨달았다. 그래. 이건 나이 든 여자는 아름다울 수 없다는 어떤 측은한 관점에 관한 질문이 아니라는 것을. 그랬다. 동창은 궁금했다. 예순을 훌쩍 넘긴 한 인간이, 삶에 찌든 어떤 상흔 하나 없이, 20대 때와 별다를 것 없는 모습을 유지하는 것이 가능한가. 그 맹목적인 쾌활함. 자신감. 그 어느 것도 개의치 않는 풍부한 시선. 그래, 어떻게 이게 가능할까? 이에 대해서는 그녀의 딸이 상담사에게 했던 이야기를 참조하면 좋을 것 같다. 아마그녀는 영원히 알지 못할 딸의 이 이야기는 실제로 그녀에 대해 꽤 많은 것을 설명한다. 이를테면 그녀의 태도, 삶의 방식, 인생에서 중요하게 생각하는 것들. 어떻게 그녀가 한결같은 사람으로 존재해 왔는지에 대한 아주 약간의 해답.

딸은 말했다.

"제가 좋아하는 노래에 그런 구절이 있어요. 자신에게 날아오는 벽돌로 외려 성을 쌓는다고요. 엄마는 그걸 완벽하게 구현한 사람이에요. 물론 노래

비망(備忘)

와는 완전히 다른 의미에서지만요."

그녀는 늘 고민에 둘러싸여 살았다. 누군가의 결혼식 때 원피스를 입어야 할지 투피스를 입어야 할지, 봄에 베이지색 구두를 살지 보라색 구두를 살지, 점심에는 밥을 먹어야 할지 면을 먹어야 할지, 그리고 필라테스를 할지 요가를 할지, 그녀는 늘 그런 생각에 사로잡혀 있었다. 그런 고민들이 삶의 우선순위에 있었다. 다른 것들은 크게 의미를 갖지 못했다. 삶에 별다른 충격이 없어서 그랬을까? 아니었다. 다른 평범한 이들과 마찬가지로, 그녀 삶에도 구멍이 있었다. 인간의 삶을 지긋지긋하게 쫓아다니는 깊고 어두운 고비들 말이다. 그녀는 이혼 후 딸을 혼자 키워야 했고, 위자료 때문에 전남편과 끊임없이 싸워야 했으며, 직장에서 밀려나지 않기 위해 혼신의 힘을 다해야 했다. 더불어 그녀는 부모의 이른 죽음, 40대 초반에 찾아온 갑상샘암이라는 느닷없는 폭발들을 맨몸으로 겪었다. 하지만 신기하게도, 그 고비들은 그녀에게 큰 타격을 입히지 못했다. 그녀가 상처를 받지 않았다는 뜻이 아니다. 그냥… 그녀는 언제나 쉽게 극복했다. 아무렇지 않게 회복했다. 하루 울고, 좀 많이 자고, 일찍 일어나 달리기를 한 뒤 믹서기에 바나나와 두유를 갈아 마셨다. 그녀는 걱정해 주는 사람들에게 힘찬 목소리로 대꾸했다. "나 우울하게 사는 거 싫어. 시간 아까워." 해결할 수 없는 일에 마음을 쓰지 않는 것. 그건 어쩌면 망각일 수도 있었고, 회피일 수도 있었다. 하지만 "그 성격은 엄마가 살아남는 데 확실히 도움이 되었죠." 그랬다. 그래서 아무렇지 않게 옷장을 열 수 있었다. 고민할 수 있었다. 다음 친척 결혼식에는 뭘 입어야 하지? 재킷? 원피스? 그것이 그녀의 삶이었다. 가볍게 웃고, 떠들고, 새 옷을 사고 맛있는 걸 먹으러 다니고, 예쁘다는 말을 듣고 좋아하고, 또 좋아하고… 그 외의 것들에 대해서는 크게 마음 쓰지 않는 것. 무엇보다, 그 삶의 범위는 오직 아는 사람들과 아는 장소에 한정되어 있었다. 그녀의 딸이 말하지 않았던가.

"벽돌로 쌓은 성."

때문에 그녀가 여행에 관심을 두지 않았던 건 당연했다. 그녀는 늘 생각했다. 온종일 말도 안 통하는 곳을 돌아다니는 게 뭐가 그리 재밌다고? 새로 산 옷과 가방을 알아봐 주는 사람도 없는 곳에서? 주위 사람들, 그녀의 딸을 포함한 많은 사람들이 여행을 다녀올 때마다, 그들이 세상의 광활함과 흥미로운 음식, 비행기를 타는 즐거움과 면세점 쇼핑에 대해 이야기할 때마다 그녀는 고개를 몇 번 끄덕인 뒤 대답하곤 했다. "응, 재미있었구나. 그런데 이 옷 어때? 이번에 새로 산 건데." 그러면 여행에 대한 이야기는 자연스럽게 끊겼고, 대화는 다시

비망(備忘)

성안의 주제로 돌아갔다. 거기에 대고 누가 뭐라고 하겠는가. 그냥 그들은 그녀가 계속 그렇게 살아가 리라 생각할 뿐이었다. 그녀가 집과 친구들, 익숙 한 거리와 음식에서 벗어나는 일은 없으리라. 아마 그녀는 결코 변하지 않을 것이다. 언제나 바쁘게 사람들을 만나며, 가끔 찾아오는 고비들을 가볍게 넘기며 살아가리라. 사실 누구보다 그녀 자신이 그 렇게 생각했다. 그러니까 바로 지금 이 순간처럼, 자신의 몸집만 한 노란색 캐리어를 끌고 인천공항 한복판에 서 있는 일 같은 건, 그래, 그녀 인생에서 절대 일어나지 않으리라고 말이다.

여행 기간은 열흘. 도착지는 중국 상하이.

출발 시간은 오후 3시 35분이었다.

2

그녀는 가방에서 수첩을 꺼냈다. 인터넷과 여행 서적들을 열심히 뒤져서 모은 자료들이 빼곡하게 담겨 있는 그녀만의 여행 노트였다. 첫 해외여행이 었다. 그녀 혼자 떠나는 첫 번째 여행이기도 했다. 그녀는 나름대로 긴장을 했고, 그만큼 준비를 많이 했다. 공항에서 허둥지둥 헤매고 싶지는 않았던 것이다. 덕분에 지금까지는 어렵지 않았다. 새벽 버스를 타고 편안히 인천까지 왔고, 곧장 택시를 잡아 공항의 1여객 터미널까지도 무난하게 왔다. 조금 피곤하긴 했지만 꼿꼿한 자세를 유지하는 데는 무리가 없었다. 그러나 이제 시작이었다. 비행기표를 받고, 짐을 부치고, 면세점으로 넘어가고… 그녀에게는 다 처음인 일들이었다. 그녀는 긴장한 손끝으로 수첩을 넘겼다. 가장 먼저 해야 할 일이 적혀 있었다. "이용 항공사를 확인하고, 카운터를 찾아갈 것." 그런데 글자가 잘 보이지 않았다. 눈이 침침했다. 그녀는 먼 곳을 바라보며 눈을 몇 번 깜빡인 뒤, 목에 걸어둔 돋보기안경을 썼다. 그리고 다음 문장을 읽었다. "알파벳으로 표시된 항공사 카운터 위치를 확인할 것." 그녀는 고개를 들어 주위를 둘러보았다. 숨을 얕게 내뱉었다. 만일 그 순간, 누군가 그녀의 얼굴을 목격했다면 어렵지 않게 눈치챌 수 있었을 것이다. "이런, 이 아주머니 꽤나 당황했군." 그랬다. 그녀는 수첩의 내용이 무슨 말인지 전혀 알 수 없었다. 그러니까 기억이 나지 않았다. 분명 그녀가 직접 적은 글자인데 도무지 무슨 내용인지 알 수 없었다. 알파벳? 카운터? 그녀는 미간을 찌푸렸다. 이 모습을 또 누군가 바라보았다면, 앞서 그녀를 목격했을지 모르는 그 사람과 똑같이 생각했을 것이다. "당황했군. 당황했어." 하지만 그 사람의 눈치가 조금만 더 빠르다면 아마

비망(備忘)

고개를 기웃거리며 또 이렇게 생각했을 수 있다. "그런데… 좀 화가 난 것 같네?" 사실이었다. 지금 그녀를 둘러싸고 있는 감정은 당혹감이나 부끄러움보다 훨씬 깊고 강렬한 것이었다. 기억해야 할 것을 기억하지 못하는 자신에 대한 분노. 지난 1년 동안 수시로 그녀의 가슴을 헤집었던 낯설고도 익숙한 감정.

그간 그녀는 자주 헤맸다. 휴대폰을 어디에 뒀는지 기억하지 못했고, 식탁 위에 올려 둔 차 키를 찾기 위해 온 집 안을 뒤지고 다녔다. 지갑도 자주 잃어버렸다. 슈퍼나 카페에 두고 오는 건 예사였고, 한번은 택시에 두고 내린 적도 있었다. 그뿐만 아니었다. 무슨 책을 읽든 앞 장 내용이 생각이 잘 안났다. 텔레비전 드라마에 출연한 배우의 이름이 떠오르지 않았다. 불안해서 병원을 찾았더니 의사가 말했다. 전혀 문제가 없다고. 그러면서 이렇게 덧붙였다. 나이가 들면서 발생하는 자연스러운 현상이라고. 그녀는 화가 치밀었다. 이게 자연스럽다고? 아니, 있을 수 없는 일이야. 왜냐하면 그녀는 언제나 기억력이 좋은 사람이었기 때문이다. 그녀는 늘 자신 있게 이야기하곤 했다. "난 뭘 잊는 법이 없는 사람이야." 때문에 그녀는 전남편이 기념일을 잊는 걸 이해할 수 없었고, 친구들이 날짜와 약속 시간을 착각하는 걸 납득하지 못했다.

그리고 그녀의 딸. 그 애가 선생님과 친구들의 이름을 외우지 못했을 때 그녀는 적잖이 충격을 받았다. 받아쓰기를 60점 받아 왔을 때는 거의 기절하다시피 했다. 세상에, 이런 걸 틀린다고? 그녀는 딸을 심하게 다그쳤고 계속 질문했다. 이해가 안 돼? 정말 기억이 안 나? 정신을 바짝 차리지 않으니까 이런 일이 벌어지지! 그날 일에 대해, 그녀의 딸은 역시나 상담사에게 이렇게 말했다. "언젠가 왼쪽 검지 손톱이 통째로 빠진 적이 있어요. 낫는데 꽤 오래 걸렸죠. 그 시간이… 엄마 말을 듣고 있던 때보다 훨씬 나았던 것 같아요." 그랬으니, 그런 사람이었으니, 지난 1년은 그녀에게 전혀 자연스럽지 않았다. 내가 이런 걸 기억 못 한다고? 내가? 그런데 지금 이 순간 또다시 그 일이 벌어진 것이다.

알파벳과 카운터. 그녀는 이 두 단어가 수첩에 왜 적혀 있는지 전혀 기억해 낼 수 없었다. 왜 조금 더 자세히 적지 않았을까. 그러나 부질없는 질문이었다. 오히려 이에 대한 답은 너무나도 잘 기억하고 있었으니까. 적당히 써 두면, 알아서 기억나리라고 믿었던 것이다. 뭘 잊은 적이 없는 사람이었을 때처럼, 단박에 뭐든 기억해 내던 사람이었을 때처럼, 그런 모습이 자연스러웠던 바로 그때처럼 말이다. 하지만 지금은 그저 부아만 치밀 뿐이었다. 그녀는 다시 한숨을 길게 내뱉으며 주변을 두리번거렸다. 이제 어떻게 해야 하나? 그 순간이었다. 누군가 그녀의 어깨를 탁 치고 지나갔다. 그녀는 갑작스러운 힘에 밀려 휘청거리다 간신히 중심을 잡았다. 그녀는 인상을 확 찡그리며 고개를 돌렸다.

키가 크고 깡마른 젊은 남자였다. 귀에 이어폰을 꽂고 목에 베개를 두르고 있었다. 편안해 보이는 차림과 달리 표정은 무척 건조했다. 그는 그녀에게 살짝 고개를 숙였는데, 사과의 뜻인 듯했다. 그러나 그는 그녀가 진짜로 괜찮은지 아닌지는 별로 관심이 없는 듯했다. 순식간에 등을 돌리더니 이내 그녀 앞에서 사라져 버렸으니까. 그녀는 저릿한 어깨를 매만지며 젊은이가 사라진 곳을, 무수히 많은 사람들이 오가는 곳을 물끄러미 바라보았다. 그녀 외의 모든 사람들이 다 이곳에 익숙해 보였다. 이 풍경이 그녀는 새삼 의아했다. 어떻게 다들 저럴 수 있지? 익숙하다는 건 뭔가를 잘 알고, 그래서 편안하다는 뜻 아니었나. 깜짝 놀랄 상황이 벌어질까 봐 걱정하지 않아도 되는 것. 의외의 일이 벌어져도 손쉽게 대처할 수 있는 그런 것 말이다. 그런데 나라와 나라를 오가는 일이 그런 일인가? 해외를 다녀오는 일이 모두에게 이렇게 아무 걱정 없는 일이라고? 귀에 이어폰을 꽂고 목 베개를 하고서?

그녀는 짜증이 나서 견딜 수가 없었다. 그때 저 멀리 천장에 주르륵 매달린 노란색 알파벳 글자들이 눈에 들어왔다. 그녀는 눈을 깜빡였다. 그리고 다시 그 단어들을 떠올렸다. 알파벳과 카운터. 그러자 기다렸다는 듯, 어떤 기억들이 그녀 머릿속으로 밀려들었다. 세상에, 이렇게 간단한 걸 잊고 있었다니. 그녀는 곧장 안내 게시판을 찾았다. 그리고 항공사 카운터를 확인했다. 아시아나항공. 카운터 위치는 A, B, C, 그중에서… C. 그녀는 미소를 지었다. 중학교 3학년 때 전교 1등을 했을 때처럼, 직장에서 받은 첫 월급으로 터무니없이 비싼 옷을 샀을 때처럼, 딸이 틀려 온 수학 문제를 그 자리에서 바로 풀어 줬을 때처럼 웃었다. 턱을 살짝 들고 눈썹을 찡긋 움직였다. 그리고 자신 있게 앞으로 걸었다. 능숙하고 여유 있는 모습으로, 허리를 꼿꼿하게 펴고서. 여기서 C 카운터는 멀지 않았다. 이제 티켓을 받을 일만 남았다. 그러면 이곳에서 저곳으로 넘어갈 수 있는 것이다. 먼 곳으로 사라질 수 있는 것이다. 그녀는 캐리어를 끌고 느긋하게 걸었다. 서서히 C 카운터가 보였다. 그녀는 여전히 미소 지은 얼굴로 아시아나항공사를 찾았다. 이제 다음 단계를 밟을 차례였다. 그러나 카운터에 도착한 순간, 그녀는 걸음을 멈추고 자리에 뻣뻣하게 섰다. 그럴 수밖에 없었다.

그곳에는 아무도 없었다.

비망(備忘)

*

꽤 시간이 걸렸다. 그러니까⋯ 체크인은 출발 세 시간 전부터 할 수 있다는 사실을 그녀가 기억해 내는 데 말이다. 정확히 말하면 이번에도 수첩에 적어 둔 문장의 의미를 파악해 내는 데 걸린 시간이었지만, 어쨌든 그것도 기억은 기억이었으니까. 중요한 건 그녀에게 시간이 꽤 많이 남았다는 사실이었다. 지금은 오전 11시 40분이었고, 비행기는 오후 3시 35분 출발이었다. 여기서 두 시간은 더 기다려야 비행기 티켓을 받을 수 있었다. 역시나 이번에도 그녀는 화가 났다. 그렇게 준비를 했으면서, 이런저런 글을 읽고 또 읽었으면서, 수첩에 버 젓이 잘도 적어 놓았으면서, 어떻게 확인 한번 하지 않고 곧장 인천까지 달려온 거지? 아니, 왜 계속 기억을 못 하는 거지?

그녀는 벤치에 털썩 주저앉았다. 허망했다. 하지만 생각해 보면 겨우 두 시간이다. 그녀에게 있어서 시간을 흘려보낸다는 건 아무것도 아니었다. 어딘가를 멍하니 바라보고만 있어도 훌쩍 사라지는 게 시간이었다. 그렇게 1년을 보내지 않았던가. 물론 집 밖으로 나갈 생각을 하지 않았던 건 아니다. 그녀는 늘 생각했다. 의지를 다졌다. 이 상황에서 빠져나가자. 오늘과 다른 내일을 맞이하자. 뭐든 하자. 그리고 지난 시절 자신이 아무렇지 않게 내뱉었던 말들을 떠올렸다. 우울한 건 싫어. 가라앉아 있는 건 싫어. 과거에 사로잡히는 건 싫어. 시간 아까워. 하지만 기억과 다짐은 몇 시간, 아니 몇 분 지나지 않아 의미를 상실했다. 대체 무엇을 위해서? 그러던 어느 새벽녘, 침대에 누워 있는데 갑자기 천장이 그녀를 향해 내려앉았다.

말 그대로였다. 벽돌이 그녀를 향해 다가왔다. 사방이 좁아졌다. 마침내는 벽돌이 그녀를 에워쌌다. 마치 관 속에 들어간 것 같았다.

그녀는 숨이 막혔고, 앞이 보이지 않았다. 그 상태로 옴짝달싹 못 한 채 몇 시간을 보냈다. 울었던가. 그건 기억하고 싶지 않다. 중요한 건 그다음 날부터, 그러니까 아침이 오고 겨우 몸을 움직일 수 있게 된 순간부터 집이 전처럼 익숙하게 느껴지지 않았다는 사실이다. 그리고 무엇보다 실감 나게 다가왔던 진실 하나. 그녀는 혼자였다. 혼자서 그 일을 겪었다. 아마 앞으로도 그녀는 혼자일 것이다. 그녀의 마지막 성은 그렇게 무너졌다. 그녀는 더이상 집에 있을 수 없었다. 이젠 의지의 문제가 아니었다. 어디로든 나가야 했다. 그래야만 했다.

그런데 두 시간 따위야 뭐.

그녀는 기지개를 켰다. 시간이 많이 남았다는 걸 알아서 그런지, 지루하기도 했고 나른하기도 했다. 그녀는 주머니에서 박하사탕을 꺼내 입에 넣었다.

비망(備忘)

달콤하고 화한 맛이 느껴졌다. 어쨌든 그 사건 이후, 여행을 결정하자마자 그녀는 1년 만에 처음으로 바빠졌다. 나쁘지 않았다. 떠날 준비를 한다는 것이, 그녀의 마음을 편하게 했다.

그 애도 그랬을까.

그녀는 딸애를 떠올렸다. 그 애는 그러니까, 뭔가를 준비하며 시간을 보내고, 기다리고, 새롭게 뭔가를 찾아보는 이런 것들이 다 좋았던 걸까. 그래서 그렇게 여행을 다녔던 걸까.

그녀는 언제나 딸을 이해하는 게 힘들었다. 딸은 그녀와 전혀 다른 사람이었다. 단순히 기억력 문제를 말하는 것이 아니다. 딸애는 친구가 별로 없었다. 조용하고 내성적이고, 혼자 있는 걸 좋아했다. 화장도 안 했고 늘 청바지에 검은 티나 하얀 셔츠만 입었다. 주말에는 세수도 잘 안 했고, 선크림도 안 발랐다. 해진 속옷을 몇 년씩이나 입었고, 겨울에는 니트를 몇 벌씩 껴입고 추위를 견뎠다. 패딩 점퍼 따위는 사지 않았다. 그러다 만일 조금이라도 값이 나가는 걸 사야 할 상황이면, 온종일 인터넷을 뒤적거렸다. 발품을 팔면 뭐든 싸게 살 수 있다고 했다. 딸의 그런 모습을 볼 때마다 그녀는 짜증이 났다. 내가 너를 그렇게 키웠니? 돈 한 푼을 더 쓰느니, 차라리 추위에 벌벌 떨도록? 누가 보면 딸이 검소하다고 했을 것이다. 그래, 엄마와는 정말

다르다고 했겠지. 하지만 아니었다.

딸은 심리상담에 돈을 썼다.

한 시간에 10만 원씩 한다는 상담. 그녀는 도무지 이해할 수가 없었다. 그리고 확신했다. 어떤 사기꾼 같은 인간이 딸애의 허전한 마음을 이용해 돈을 뜯어내고 있는 게 틀림없다고 말이다. 대체 왜 상담이라는 걸 받는단 말인가. 인간이 인간에게 무엇을 해 줄 수 있다고? 아니, 무엇보다 그녀는 딸애의 그 '허전한 마음'이라는 걸 납득할 수 없었다. 사람은 누구나 마음 한구석이 허전한 법이었다. 인생에는 늘 구멍이 있고, 고비가 있기 마련이었다! 그런데 왜 그걸 다른 사람을 통해 해결하려 하지? 하지만 그녀는 딸을 막을 수 없었다. 그녀가 상담에 대해 처음으로 말을 보냈던 날, 딸은 그녀를 노려봤다. 그랬다. 엄마가 뭘 아느냐는 듯 원망이 가득 담긴 시선으로 그녀를 몰아세웠다. 그리고 빈정거렸다. 그래. 그건 빈정거림이 맞았다. "내가 왜 상담을 받을 것 같아?" 그녀는 어찌할 바를 몰랐다. 그녀는 그런 사람이 아니었으니까. 어떤 감정을 끌어안은 채, 뭔가를 애매하게 드러내는 사람. 만일 딸애가 10대였다면 그녀는 꾸중을 했을 것이다. 그런 말투와 태도는 좋지 않다고. 아무리 화가 나도, 그런 눈빛으로 상대를 쳐다보는 건 예의가 아니라고. 하지만 딸애는 20대였고, 그녀는 그저

비망(備忘)

놀라웠다. 내 딸의 성격이 이랬던가? 그녀가 생각을 가다듬는 사이 딸애는 자리를 떠나 버렸고, 며칠 후에는 해외로 여행을 갔다. 딸에는 그렇게 종종 사라졌다. 그리고 돌아와 아무 일 없었다는 듯 여행지에 대해 떠들었다. 대체로 다 좋다는 이야기였다. 대만은 음식이 너무 맛있어서 좋고, 일본은 모던해서 좋고, 미국은 넓어서 좋고, 싱가포르는 식물들이 거대해서 좋다고. 유럽은 그냥 유럽이라서 좋다고도 했다. 딸이 외국에 대해 떠들 때마다 그녀는 또 놀라웠다. 아니, 모르는 동네가 어떻게 그렇게 좋을 수 있어?

그렇다고 해서 딸이 전남편을 닮았느냐 하면, 그녀는 그건 또 절대 아니라고 생각했다. 일단 딸은 "우와, 당신 지금 잘난 척하는 거야?" 같은 말을 농담인 척 건네지 않았고, "네가 예민한 거야"라며 책임을 뒤집어씌우지도 않았다. 무엇보다 "당신은 진짜 독한 사람이야"라고 악담을 퍼붓지 않았다. 그녀는 딸의 어떤 성미, 그러니까 고집이 세고, 하고 싶은 일이 있으면 꼭 해내는 태도를 보며 자신을 닮았다는 생각을 더 많이 했다. 하지만 그럼에도 불구하고 딸은 놀라운 존재였다. 무슨 생각을 하는지 도통 알 수 없는 존재였다. 때문에 딸에는 그녀의 주된 고민, 그러니까 보라색 구두와 베이지색 구두에 대해 심사숙고하는 시간을 아무렇지 않게 빼앗아 가곤 했다. 그리고 어떤 답도 내리지 못하게 했다. 늘 모호하고 불확실한 상태였으니까. 그저 그녀의 앞을 왔다 갔다 하며 시간을 빼앗고 또 빼앗을 뿐이었다. 그래서 그녀는 역시나 이해할 수 없었다. 딸은 왜 그녀와 함께 살겠다고 결정했을까. 그랬다. 딸이 열네 살이 되었던 봄의 어느 날, 그녀는 무척 긴장했다. 이혼을 결정한 직후였다. 그녀는 딸에게 조심스레 물었다. 아니, 묻기전에 온갖 이야기를 한바탕 늘어놓았다. 너의 선택을 존중하고, 항상 너를 아끼고, 나는 언제까지나너의 엄마일 것이고… 그리고 물었다. 엄마와 아빠중 누구와 함께 살고 싶으냐고. 딸은 일말의 고민도 없이 곧장 대답했다.

"엄마."

그때 역시, 그녀는 놀랐다. 그녀는 지금도 궁금하다. 딸은 왜 그녀를 선택했을까. 왜 아빠가 아니라 엄마였을까. 당연히 이유는 있었다. 딸은 다만그 속내를 엄마인 그녀에게 말하지 않았을 뿐이다. 딱 한 사람, 상담사에게만 말했다. 그 길고 긴 이유를 들은 상담사는 딸에게 넌지시 물었다.

"혹시… 엄마에게 그 생각을 말할 의향이 있어요?"

딸은 열네 살 때처럼 일말의 고민도 없이 곧장대답했다.

"없어요."

비망(備忘)

그리고 비장한 말투로 덧붙였다.

"절대로."

그 맹세는 지금까지 지켜졌다. 상담사가 그녀의 '사기꾼'이라는 표현을 영원히 모르게 될 것처럼, 그녀 역시 딸이 상담사에게 한 이야기를 영원히 알지 못할 것이다. 그저 지금처럼 딸의 선택에 깊은 의문을 품은 채, 상념에 사로잡히고 헤맬 것이다. 그래. 그 애는 정말 나와 달랐어. 이해할 수가 없었지. 속을 알 수 없었어. 내 평생 그렇게 어려운 사람은 없을 거야.

그래. 없겠지.

재작년 겨울에도 그랬다. 어느 날 갑자기, 딸이 이렇게 말했다.

"엄마는 세상을 좀 둘러볼 필요가 있어."

그러더니 함께 여행을 가자고 했다. 다른 때 같았으면, 그녀는 그러려니 하고 넘어갔을 것이다. 한번 웃고 말았을 것이다. 모른 척했을 것이다. 그날 그녀는 그러지 않았다. 그녀는 그때 자신이 딸에게 무슨 말을 했는지 전부 기억한다. 그래. 그녀는 뭘 잊는 법이 없는 사람이니까. 물론… 그녀에게도 핑계는 있었다. 딸이 멀쩡히 다니던 직장을, 그것도 공무원을 그만두고 돌아왔는데 어떻게 가만히 있을 수 있단 말인가. 그녀는 엄마였다. 딸이 아무리 어렵고, 낯설어진다 해도, 엄마는 엄마였다. 그래서 그녀는 딸이 말을 끝내기도 전에 날카롭게 쏘아붙였다.

"가긴 어딜 가? 내가 뭐 못 살 곳에 살고 있니?"

그녀는 캐리어에 이마를 기댔다. 공항 바닥을 가만히 바라보았다. 두 시간, 그래 두 시간만 지나면 돼. 별것 아니야. 그녀는 천천히 눈을 감았다.

*

그리고 웅성거리는 소리에 퍼뜩 눈을 떴다. 자리에서 벌떡 일어났다. 어느새 시간이 훌쩍 지나 있었다. 카운터 앞에 줄이 잔뜩 서 있었다. 그녀는 허둥지둥 짐을 챙겨 줄의 끝에 다가섰다. 다급히 수첩을 꺼내 들었다. 별 내용은 없었다. 그냥 기다리기만 하면 된다고 쓰여 있었다. 이번에도 역시나 형편없고 성의 없는 메모였다. 중요한 무언가를 빠뜨렸을지도 모른다는 생각에 불안해졌다. 하지만 그 초조함이 무색하게도 그녀의 차례가 빠르게 다가왔다. 기다릴 때는 한참 기다리게 하더니 이제 와서는 쉴 틈 없이 서두르게 하는군. 그녀는 속으로 투덜거리며 직원들이 시키는 대로 카운터 끝 쪽으로 걸어갔다. 그녀를 담당한 직원은 굉장히 마른 여자였는데, 젊어 보였다. 어리다는 말이 더 어울

비망(備忘)

릴 것 같았다. 직원은 그녀가 여권과 프린트해 온 E-티켓을 내밀자마자 컴퓨터에 뭔가를 입력했다. 그러면서 동시에 물었다.

"짐을 부치실 건가요?"

그녀는 긴장한 목소리로 네, 하고 대답했다. 직원이 그녀에게 여권을 돌려주었다. 여권 사이에 얇은 종이 한 장이 끼워져 있었다. 비행기표였다. 그녀는 그 얇은 종이 끝을 조심스레 메만졌다. 그때 직원이 다시 그녀를 불렀다. 캐리어를 카운터 옆 공간에 올려 달라고 했다. 그녀는 시키는 대로 했다. 그리고 직원이 깡마른 손으로 그녀의 캐리어에 스티커를 붙이는 모습을 말없이 응시했다. 작은 몸으로 캐리어를 번쩍 들어 뒤쪽 공간으로 옮기는 것까지 계속 지켜보았다. 그게 끝이었다. 실제로 직원이 그렇게 말했다. 이제 그녀가 할 일은 없다고. 순간 그녀는 다시 머릿속이 새하얗게 지워지는 느낌을 받았다. 정말로? 이게 끝이라고? 다른 나라로 넘어가는 일이 이렇게 쉽고 간단하다고? 그녀의 속내를 눈치챘는지, 직원이 부드러운 말투로 속삭이듯 말했다.

"체크인은 끝났어요. 이제 왼쪽 너머로 가셔서 출국 심사를 받으시면 됩니다."

그녀는 직원이 가리키는 방향으로 고개를 돌렸다. 반투명한 벽 사이로 사람들이 줄을 서 있었다.

그녀는 그쪽으로 향했다. 몇 걸음 채 걸리지도 않았다. 그녀는 자연스레 사람들 뒤에 줄을 섰고, 기다렸다. 이번에는 수첩을 꺼내지 않았다. 대신 사람들이 뭘 어떻게 하는지 지켜봤다. 그들은 직원에게 여권을 보여 줬다. 직원들은 말이 없었다. 그냥 그걸로 끝이었다. 그녀는 사람들을 따라 했다. 여권을 보여 주고, 고개를 들었다. 그러자 다른 곳으로 향하는 또 하나의 출구가 보였다. 이번에도 사람들이 줄을 서 있었다. 이제 그녀는 당황하지 않았다. 능숙하고 여유 있게 사람들을 따라 했다. 줄을 섰다. 차례를 기다렸다.

자동 출국 심사대.

그 앞에서 그녀는 두 발을 모으고 카메라를 보고 섰다. 여권을 기계에 가져갔다. 손가락을 기계에 댔다. 그러자 문이 열렸다. 그렇게 기다리던 바로 그 문. 이곳에서 저곳으로 향하는 문. 한번 나가면 당분간은 되돌아올 수 없는 문. 언제였더라. 딸이 그런 말을 한 적이 있었다. 출국 심사를 마치고 나면 숨이 탁 트인다고. 문밖으로 나서는 순간, 그것만으로도 충분한 기분이 든다고.

그때 그녀는 딸이 무슨 이야기를 하는 건지 알아들을 수 없었다. 하지만 묻지 않았다. 어차피 이해할 수 없을 것 같았기 때문이었다.

비망(備忘)

문이 열렸다. 그녀는 걸어 나갔다. 이제 1시 40분
이었다.

3

말로만 듣던 면세점 거리는 그녀가 상상했던 것
이상으로 넓고 화려했다. 높은 천장에서 환한 불빛
이 세차게 쏟아져 내렸고, 길은 끝없이 펼쳐져 있
었다. 그녀는 좀 숨이 막혔다. 면세점 쇼핑이 여행
의 꽃이라던데. 글쎄. 그녀는 딱히 욕심나는 물건
이 없었다. 그녀의 지인들이 봤다면, 절대 믿지 않
았을 것이다. 하지만 정말이었다. 그녀는 조금 피
로했다. 그럴 만했다. 새벽부터 쉬지 않고 계속 움
직였으니까. 그녀는 문득 자신의 나이가 실감 났
다. 이팔청춘이 아닌지는 꽤 되었고, 그나마 남아
있는 체력도 집에 틀어박혀 있던 동안 거의 모두
소진됐다. 그녀는 어서 비행기 탑승구에 가서 쉬고
싶었다. 진심이었다. 그러니까… 그녀가 립스틱 매
장에 일부러 들른 게 아니라는 뜻이다.

정말 우연이었다.

어쩌다 매장 쪽을 향해 고개를 돌렸는데, 그녀
눈에 신제품들이 들어왔다. 그녀가 관심을 끊은 사
이 꽤 많은 제품들이 새로 나와 있었다. 그녀는 자

신도 모르게 발걸음을 멈췄다. 어느새 직원이 다가와 그녀에게 말을 걸었다. 이번에도 매우 어려 보이는, 체구가 작은 여자였다.

"한번 사용해 보세요."

그녀는 조심스레 가장 붉은색의 립스틱을 골랐다. 직원은 휴지로 립스틱 끝을 깨끗하게 닦아 그녀에게 다시 건넸다. 그녀는 거울을 보며 립스틱을 발랐다. 입술 선을 따라 립스틱을 주의 깊게 움직이며 색을 꼼꼼하게 채웠다. 음, 너무 딱 떨어지게 발랐나? 그녀는 도드라지는 입술 라인을 손끝으로 살짝 문질렀다. 색이 자연스럽게 뭉개지며 고르게 펴 발렸다. 그녀는 거울 속의 얼굴을 물끄러미 바라보았다. 나쁘지 않았다. 사실 마음에 들었다. 그녀는 붉은 립스틱이 수없이 많이 있었지만, 새로 나온 색상을 보면 언제나 또 갖고 싶어졌다. 1년 전까지만 해도 분명 그랬다. 그때 같았으면 아마 곧장 샀을 것이다. 하지만 지금은 어쩐지 망설여졌다. 평소보다 저렴하게 살 수 있는데도, 이상하게 지갑이 열리지 않았다. 마음이 끓어오르지 않는다고 해야 할까. 신이 나지 않는다고 해야 할까. 그런 그녀에게 직원이 다른 립스틱을 건넸다.

"이 색도 한번 보시겠어요?"

역시 붉은색이었다. 방금 바른 색보다 톤이 훨씬 밝았다. 그녀는 고개를 저었다. 대신 다른 색깔들

을 눈으로 훑었다. 코럴, 핑크, 브라운… 그러다가
립스틱 하나를 집어 들었다. 손등에 발라 보았다.
거의 보라색에 가까운 색감. 직원이 물었다.

"마음에 드세요?"
"아니요. 그냥 한번 본 거예요. 저희 딸이 좋아하
는 색이라서요."

그 말을 마치자마자 그녀는 흠칫 놀랐다. 아니,
쓸데없이 갑자기 이 이야기를 왜 꺼냈지? 심지어
그 말은 거짓말이었다. 딸은 립스틱을 좋아하지
않았다. 그 애는 입술에 오직 립밤만을 발랐다. 다
만, 그런 날이 있었다. 매일 후줄근한 옷만 입고 있
는 딸의 모습이 꼴 보기 싫었던 날. 그녀는 딸을 억
지로 끌어내 백화점에 갔다. 새 옷을 사 주려 했다.
하지만 뭘 보든, 뭘 입든, 딸은 관심을 보이지 않
았다. 결국 그 애는 또다시 청바지를 골랐다. 그녀
는 시들시들한 딸을 데리고 다니는 게 영 힘이 팽
겼고, 짜증이 났다. 그러다 1층 화장품 매장으로 내
려왔다. 이왕 온 거니까, 그래, 그녀는 자연스레 립
스틱을 구경했다. 이 빨강과 저 빨강. 립스틱에 완
전히 정신이 팔려 있는데 갑자기 딸이 그녀를 불렀
다.

"엄마, 나 좀 봐."
"응?"

그녀는 바로 웃음을 터뜨렸다. 딸의 입술이 진한 보라색으로 칠해져 있었다. 웃는 그녀를 보며 딸도 웃었다. 보라색 입술이 커다랗게 벌어졌다. 딸이 그녀에게 말했다.

"엄마, 나 이거 마음에 들어. 이거 사 줘."

물론 딸은 이후 한 번도 그 립스틱을 바르지 않았다. 하지만 립스틱은 아직도 집에 있다.

그녀는 다시 거리를 걸었다. 립스틱 덕분에 옛날 습관이 나온 모양이었다. 이전보다 훨씬 여유 있게 매장들이 눈에 들어왔다. 마음에 드는 것을 발견하면 그녀는 멈춰서 구경했고, 다시 앞으로 나아갔다. 그러기를 여러 번 반복했다. 하지만 물건을 사지는 않았다. 대체로 립스틱을 발라 봤을 때의 기분과 비슷했던 것이다. 사고 싶지만, 그렇게까지는 내키지 않는 기분. 그러다 가방 하나를 발견했다.

사각형의 각진 모양이 매력적인 숄더백이었고, 명품 브랜드 제품이었다. 그녀가 알기로 이 브랜드의 대표 디자인이었다. 하지만 디테일한 부분들이 조금 달랐다. 가방은 가죽이 아니라 데님으로 만들어져 있었고, 끈에 로고가 새겨져 있었다. 그녀 추측이 맞는다면 아마 이 시즌에만 나오는 가방일 것이다. 그녀는 바로 매장에 들어섰다. 직원들이 다 고객들을 상대하고 있어서, 그녀는 자유롭게 혼자

비망(備忘)

매장을 둘러봤다. 그리고 천천히 가방을 향해 다가 갔다. 마치 가장 중요한 편지를 마지막에 열어 보 듯이 느긋하게 앞에 섰다. 손을 뻗었다. 데님의 부 드러우면서도 단단한 느낌이 그대로 전해졌다.

때마침 여자 직원 한 명이 그녀에게 다가왔다. 지금껏 그녀가 만난 모든 직원들이 그랬듯, 어리고 젊고, 체구가 작았다. 그녀는 직원에게 말했다.

"이 가방 한번 들어 보고 싶은데요."
"네, 고객님. 잠시만요."

직원이 장갑을 낀 손으로 가방을 조심스레 집어 그녀에게 건넸다. 그녀는 조금 우스웠다. 그녀는 명품 매장에 들를 때마다 항상 이게 납득이 안 됐 다. 파는 사람이 조심해 봤자, 오가는 손님들이 다 맨손인데 결국 그게 그거 아닌가? 그러면서도 그 녀는 직원이 건네주는 가방을 조심스럽게 받았다. 그럴 수밖에 없었다. 누군가 소중하게 여기는 걸, 함부로 대할 수는 없으니까. 생각해 보면 바로 그 때문에 직원들의 손길이 유독 더 부드러운 것일지 도 몰랐다.

그녀는 가방을 어깨에 메 보았다. 어울렸다. 그 녀는 직원에게 또 말했다.

"끈 조절 좀 해 주실래요? 옆으로 착용해 보고 싶어요."

직원은 능숙한 손길로 가방끈을 쭉 늘려서 그녀에게 다시 건넸다. 가방을 옆으로 멨다. 직원이 살짝 감탄이 섞인 말투, 그녀가 느끼기에는 분명히 그런 말투로 말했다.

"너무 잘 어울리세요. 취향이 진짜 젊으시네요!"

그녀는 수줍게 웃었다. 마음이 흔들렸다. 살까? 지난 1년간 그녀는 돈을 거의 쓰지 않았다. 쓰고 싶지도 않았고, 쓸 일도 없었다. 나갈 일이 없었으니까. 누군가를 만나지 않는데, 뭐 하러 옷과 구두를 산단 말인가. 때때로 그녀는 지난날들이 모두 꿈처럼 느껴지기도 했다. 그래. 꿈. 자신이 그렇게 사람들을 좋아했었다는 사실이, 그들을 만날 때마다 즐거워하며 환하게 웃었다는 사실이 믿기지 않았다. 그렇다고 방 안에 틀어박혀 있던 순간들이 편안했던 건 아니다. 어떻게 그러겠는가. 그랬다면 숨이 막힐 일도 없었겠지. 그녀는 그런 시간을 원한 적이 없었다. 하지만 누군가를 만나는 것보다는, 만나지 않는 것이 더 편했기 때문에 집에 머물렀을 뿐이다.

하지만 지금, 그녀는 가방을 멘 자신의 모습이 마음에 들었다.

립스틱을 발랐을 때보다, 다른 물건들이 눈에 들

비망(備忘)

어왔을 때보다 훨씬 좋았다.

정말로 살까. 사 버릴까.

못 살 게 뭐가 있는가. 여기는 그런 곳이 아니던가. 무엇이든 살 수 있는 곳. 그러기 위해 찾아온 곳. 그러고는 어디로든 떠날 수 있는 곳. 떠나 버리는 곳.

"입술 색도 진짜 예쁘세요. 가방이랑 너무 잘 어울려요."

직원이 그녀에게 속삭였다. 그러자 많은 말들이 생각났다. 사람들은 그녀에게 늘 예쁘다고 말했다. 여전하다고 말했다. 변하지 않는다고 했다. 그러면 그녀는 고개를 끄덕이며 대답했다. "응, 그렇지. 나는 그런 사람이지." 반은 농담이었고, 반은 진심이었다. 아니, 솔직히 진심일 때가 더 많았다. 실제로 그녀는 나이 먹는 일에 신경을 쓴 적이 없었다. 중요한 건 항상 기분이라고 생각했다. 새것 같은 기분을 유지하는 것. 그래. 그게 중요했다. 그래서 그녀는 새 옷을 샀다. 새것을 입으면 기분이 쉽게 좋아졌으니까. 그녀 자신도 새것이 된 느낌이 들었으니까. 그녀는 사람들이 자신의 새 얼굴을 알아봐 주는 것이 좋았다. 그리고 바로 지금, 아주 오랜만에 그 얼굴이 보였다. 어쩌면 이 가방은 그녀의 기분을 다시 새롭게 만들어 줄지 모른다. 아니, 아마 그럴 것이다.

하지만 그게 무슨 의미가 있지?

한껏 들뜬 기분으로 사는 것. 상처를 모른 척하며 사는 것. 새것 위에 새것을 덧붙이는 것. 솔직히 그건… 힘이 들었다. 그래. 꽤 힘이 드는 일이었다. 의지와 체력이 필요한 일이었다. 하지만 그녀는 그렇게 살아왔다. 그게 좋았으니까. 그렇게 사는 그녀 자신을 아꼈으니까. 하지만 지금의 그녀는, 그 순간들이 모두 꿈처럼 느껴진다. 그래. 꿈. 내가 그런 사람이었던가. 그렇게 무엇이든 잘 견디는 사람이었던가. 헷갈렸다. 기억이 잘 나지 않았다. 의사는 이런 상태가 자연스러운 것이라 했었지. 전혀 이상하지 않다고 했었지. 이제야 그녀는 그게 무슨 말인지 알 것 같았다. 앞으로도 그녀가 계속 이렇게 살아가야 하고, 그래야만 한다는 뜻이었다.

하지만 왜?

이해할 수 없었다.

그녀는 가방을 내려놓았다. 매장을 빠져나왔다. 천장에서는 계속 빛이 쏟아졌다.

비망(備忘)

지루했다.

4

탑승구 벤치에는 이미 많은 사람들이 자리를 차지하고 있었다. 누워서 잠을 자고 있는 사람도 있었고, 노트북으로 뭔가를 보고 있는 사람도 있었다. 아이들도 많았다. 엄청난 에너지를 어떻게 해야 할지 모르겠다는 듯, 아이들은 여기저기를 뛰어다니며 정신없이 굴었다. 그녀는 피곤했고, 뭔가를 더 하고 싶은 생각이 없었다. 어서 남은 40분이 빨리 지나가 버렸으면 싶었다. 겨우 빈자리를 찾아 앉았는데, 몸이 축 처졌다. 피식 웃음이 나왔다. 솔직히, 이 정도면 적당히 다 경험한 것 같았다. 여행이라는 것 말이다. 아, 혹시 딸애는 이래서 충분하다고 말한 걸까? 다른 나라로 넘어간다고 해서 지금과 크게 다르지는 않을 것 같았다. 그곳에서도 뭔가를 기다리고, 또 뭔가를 구경하고, 후회하고, 지루해하다가 미적지근한 마음으로 자리를 떠나겠지. 그리고 지친 상태로 어딘가에 앉아 조용히 시간을 보내겠지.

그때 아이들이 그녀 옆을 달려가며 외쳤다.

"비행기다!"

그녀는 아이들이 뛰어가는 방향으로 고개를 돌렸다. 정말이었다. 커다란 창 너머에서 비행기 한 대가 움직이고 있었다. 정확히 말하면, 그 비행기의 날개 끝이 접혔다 펴지는 모습이었지만 어쨌든 비행기는 비행기였다. 그녀는 무심한 눈길로 날개를 물끄러미 쳐다봤다. 한참 동안이나, 꽤 오래도록. 그러다 깨달았다. 자신이 비행기를 난생처음 봤다는 사실을 말이다.

텔레비전이나 극장에서 본 것 말고, 저 멀리 하늘에서 별처럼 빛을 내며 날아가는 광경 말고, 이렇게 가까운 거리에서 비행기를 직접 목격한 건 처음이었다.

살면서 그녀는 여행에 대한 이야기를 많이 들었다. 정말 수많은 사람들이 여행에 대해 이야기해 주었다. 특히 딸이 그랬다. 여행지가 얼마나 아름다운지, 어떻게 마음을 편안하게 해주는지에 대해 딸은 그녀에게 수없이 말하고 또 말했다. 그래서 그녀는 그것만큼은 잘 알았다. 딸에 대해서는 알 수 없는 것투성이였지만, 적어도 그것만큼은 알았다. 안다고 말할 수 있었다. 딸이 진심으로 여행을 좋아하고, 공항에 가는 걸 너무나도 즐거워한다는 사실을 말이다. 그런데 딸은 공항에서 비행기를 볼 수 있다는 이야기는 해 준 적이 없었다. 왜 그랬을까. 너무 당연한 이야기라서 그랬을까. 너무 뻔한

비망(備忘)

거라서? 아니면, 딸은 비행기를 별로 좋아하지 않
았던 걸까? 그래도 매번 공항에 올 때마다 이 풍경
을 보았겠지. 그랬겠지.

그녀는 자리에서 일어났다. 창가 쪽으로 다가갔
다. 비행기의 둥근 앞부분이 눈에 들어왔다. 조금
더 자세히 보고 싶었다. 그녀는 자리를 또 옮겼다.
겨우 한 자리 남아 있는 벤치 구석에 엉덩이를 붙
이고 앉았다. 옆에는 아마 그녀와 같은 목적으로,
그러니까 비행기가 날아오르는 광경을 잘 보고 싶
어서 그 자리를 찾은 듯한 남녀가 있었다. 그들의
손에는 커피와 작은 가방 하나만 들려 있었다. 그
녀는 그들을 힐끔거리며 나이를 짐작해 보았다. 서
른넷 혹은 서른다섯. 결코 어리지 않은 나이. 그러
나 젊은 사람. 딸과 비슷한 나이였다.

비행기 날개가 계속 접혔다 펴졌다. 그리고 언
제부터 움직이고 있었는지 모를 큼직한 바퀴가 점
점 더 속도를 냈다. 그녀는 눈을 깜빡이며 고개를
앞으로 내밀었다. 보였다. 비행기가 조금씩 빠르게
앞을 향해 나아가는 모습이. 그러다 어느 순간, 비
행기는 비스듬하게 솟아올랐다.

"아."

그녀는 자신도 모르게 탄성을 질렀다. 비행기
가 땅을 박차고 하늘로 날아올랐던 것이다. 난생처
음 보는 광경이었다. 그래. 난생처음. 그녀의 마음

이 부풀어 올랐다. 그랬다. 기대와 설렘이 밀려들었다. 흥분이 되었다. 그녀는 그 마음을 도저히 막을 수 없었다. 이제 내가 곧 저걸 타겠구나. 하늘을 날아 보겠구나. 난생처음으로. 그래. 난생처음으로. 이것이야말로 새것이었다. 그녀는 양손으로 얼굴을 감싸 안았고, 입술을 꽉 깨물었다. 아, 이렇게 간단했던가. 이렇게 쉬웠단 말인가. 무엇을 보아도 내키지 않던 작은 마음이, 어떤 의지와 힘도 남아 있지 않다고 굳게 믿었던 마음이 어떻게 이렇게 순식간에 거대해질 수 있단 말인가.

지난 1년, 그녀는 사람을 만나지 않았다. 늘 혼자 있었다. 이걸 어떻게 표현해야 좋을까. 그래. 이런 문장이 좋겠다. '그녀는 세상으로부터 스스로를 격리했다.' 혹은 이런 문장. '그녀는 사람들과 자신 사이에 놓여 있던 다리를 끊어 버렸다. 그래, 파괴했다.' 이건 꽤 놀라운 일이었다. 그녀 주변 사람들의 말을 빌려 덧붙여 보자면 '믿을 수 없는 일'이기도 했다. 왜냐하면, 평소 그녀는 사람 만나는 걸 아주 좋아했기 때문이다. 그랬다. 그녀는 누군가와 약속을 잡고, 그날을 위해 옷과 구두, 가방을 고르는 그 모든 수고로운 일들을 진심으로 사랑했다. 그러다 사랑하지 않게 되었다. 그래. 그런 일이 벌어졌다. 인간의 삶을 지긋지긋하게 쫓아다니는 그 깊고 어두운 고비가 그녀의 발목을 잡았다. 아주 꽉 잡았다. 그 상태로 계속 살게 했다. 그녀 혼자만

비망(備忘)

살려 두었다. 해결할 수 없는 일. 도저히 무심해질 수 없는 일. 그리하여 기억은 뒤엉켰고, 오직 의문만, 물음표만 떠올랐다. 왜? 어째서? 여행을 좋아하고, 심리상담에 의지하고, 보라색 립스틱을 고르던 아이.

딸이 심리상담을 받기 시작했을 때, 그녀는 이런 목소리를 상상했다.

"여행을 다니는 건 편안해지기 때문이에요. 엄마로부터 떨어지게 되니까요. 그것만으로 충분한 기분이 들어요."

물론 딸은 그런 말을 하지 않았다. 하지만 그녀는 계속 생각했다. 딸이 상담사에게 이렇게 말했을지 모른다고. 아마 그랬을 거라고. 엄마가 싫어요. 내 마음이 허전한 건 다 엄마 때문이에요. 그래서 엄마가 아니라 당신을 찾아오는 거예요. 그 생각들이 그녀의 시간을 한 움큼씩 잡아먹었다. 그러니까 봄에 보라색 구두를 살지 베이지색 구두를 살지, 고민하는 시간들을 아무렇지 않게 빼앗아 갔다. 하지만 그녀는 그 순간들을 아까워한 적이 없었다.

그녀는 엄마였다.

어떤 답도 내리지 못하게 하는 딸에 대해 생각하는 시간이, 늘 모호하고 불확실한 상태로 그녀의 앞을 왔다 갔다 하는 자식에 대해 고민하는 시간이 어떻게 아까울 수 있단 말인가.

그녀는 엄마였단 말이다.

그러나.

재작년 겨울 딸이 말했다. 요즘 배가 너무 많이 아프다고. 그래서 직장을 그만뒀다고 하더니, 이렇게 말했다.

"같이 여행 갈래? 엄마는 세상을 좀 둘러볼 필요가 있어."

그러고는 덧붙였다.

"나는 엄마가 그렇게 살았으면 좋겠어."

딸은 1년을 넘기지 못했다.

"와, 저 비행기 진짜 멋지다."

그녀 옆의 여자가 말했다. 남자가 고개를 끄덕였다. 여자는 턱을 괴고서 날아가는 비행기를 바라보았다. 그러더니 문득 생각났다는 듯 남자에게 말했다.

"내년에 도쿄 올림픽에 가 볼래? 개막식을 무척 화려하게 한대."

"아, 그래?"

"응, 일본에서 유명한 모든 캐릭터들이 다 등장

할 거라던데?"

"진짜? 오, 재밌겠다!"

"그렇지? 그럼 가 볼까? 내년."

"그래. 내년 좋지. 빨리 왔으면 좋겠다."

두 사람은 서로를 바라보며 미소를 지었고, 이내 다시 비행기 쪽으로 고개를 돌렸다. 비행기는 반짝거리는 흔적만을 남긴 채 허공 속으로 거의 사라진 뒤였다. 그녀는 빛나는 별처럼 멀어진 그 물체를 가만히 바라보았다.

내년.

딸에게는 없지만, 아마 그녀에게는 있을지도 모르는 내년.

도쿄 올림픽이 열리고, 그녀가 또 한 살을 먹을 내년. 솔직히 이제 그녀는 삶에 대해 어느 것도 확신할 수 없었다. 앞으로 그녀의 인생은 어떻게 될까. 그녀는 계속 예쁜 여자일 수 있을까. 이제 무엇이 그녀의 시간을 빼앗아 갈까. 과연 그녀는 사람들을 다시 만날 수 있을까. 예전처럼 얼굴을 맞대고 웃을 수 있을까. 이야기를 나누고, 친밀함을 나누며 무언가를 추억할 수 있을까. 앞으로 세상은 어떻게 변할까.

알 수 없었다.

다만 이런 예감은 들었다. 만일 그녀가 살아 있

다면, 그러니까 예순다섯 살이건, 일흔아홉 살이건, 그래, 살아만 있다면 말이다. 그녀는 도쿄에도 있을 수 있고, 타이베이에도 있을 수 있고, 딸이 없는 빈 방에 누워 있을 수도 있다. 그래. 그것이 앞으로 그녀의 삶일 것이다. 그러니까 지금처럼, 딸애가 함께 떠나자고 했던 곳으로 혼자 여행을 떠나는 삶.

살아 있다면.

그래, 살아만 있다면.

승무원이 마이크에 대고 방송을 시작했다. 그녀는 비행기 티켓을 확인했다.

2019년 11월 1일.

중국 상하이.

이제 남은 건 기다림. 오직 내내 기다림뿐이었다.

산책

종숙 언니의 아버지는 사는 내내 하는 일마다 족
족 다 실패했다. 양계장을 열자 전염병이 돌았고,
종이 제작 사업에 돈을 융통하다가 사기를 당했다.
이런 일들을 겪었을 때만 해도 그는 겨우 40대 초
반이었고, 나름대로 의욕이 있었다. 역경을 물리쳐
야 한다는 책임감, 아내와 세 딸을 건사해야 한다
는 강한 마음. 그는 어른이었다. 그래서 야심 차게
다음 사업을 준비했다. 플라스틱 두루마리 휴지 걸
이를 제작했다. 공공기관과 상가 화장실에 납품할
생각이었다. 종숙 언니는 지금도 기억한다. 집 안
곳곳에 파란색 휴지 걸이가 수북하게 쌓여 있던 풍
경을. 그때 아버지는 신이 나 보였다. 그러나 사업
을 시작하려던 순간, 아버지는 다른 사람이 휴지
걸이의 상표권을 등록했다는 걸 알게 되었다. 아는
이였다. 그가 아이디어를 떠벌리며 다니던 중 만났
던 친구의 회사 동료. 신이 났을 때 만난 사람. 이

산책

후 그는 고장 난 텔레비전을 수리하는 출장 사무소에 취직했다. 하지만 어찌 된 일인지 그가 출장을 나가면, 화면이 제대로 돌아오지 않는 날이 많았다. 그때 그의 나이가 얼마였더라? 마흔다섯? 일곱? 종숙 언니는 잘 기억하지 못한다. 그냥 어느 순간부터 아버지가 집에 틀어박혔다는 것만 기억한다. 그리고 그런 남편을 보며 종숙 언니의 엄마는 이렇게 말하곤 했다. "네 아버지 때문에 나까지 급이 떨어진다. 떨어져." 물론 밖에서는 절대 그런 이야기를 하지 않았다. 오히려 반대로 말하고 다녔다. 남자가 꼭 돈을 벌어야 하나요? 능력 있는 사람이 가장이 되는 거죠. 저는 집에 있으면 심심해요. 실제로 종숙 언니의 엄마는 꽤나 억척스럽게 일을 했다. 그건 진실이었다. 공공기관에서 서류를 정리하는 일을 하고, 약국에서 보조 판매원 일을 하고, 보험을 파는 일을 하고, 종합 학원의 경리 일을 하고, 요구르트를 배달하고… 또 뭘 했더라? 주변 사람들은 상상도 하지 못했다. 그녀가 남편이 아닌 자신이 돈을 버는 것, 자신이 일을 해서 가족들을 건사하는 걸 매우 부끄러워한다는 걸 말이다. 사람들은 대신 다른 추측을 했다. 그건 전적으로 엄마의 책임이었다. 언제나 이야기에 크고 작은 거짓말을 섞었으니까. 이를테면 이런 것들. 사실 제가 이대에 갈 뻔했어요. 합격도 했답니다. 집안 형편 때문에 갈 수 없었죠. 셋째를 임신 중이었을 때, 남편이 다른 여자를 만났어요. 아이들 때문에 헤어질 수 없었죠. 그때 저에게 마음을 고백해 온 사람이 있었는데도 말이에요. 사실 제 아이들 중 한 명이 몸이 안 좋아요. 불치병을 갖고 태어났거든요.

그 이야기들은 종숙 언니와 언니들 귀로 흘러 들어오곤 했다. 자신을 특별한 사람으로 봐 주길 원했던 엄마의 의도에서 완전히 멀어진, 새롭게 탄생한 이야기들. 그 소문 속에서 엄마는 가짜 대학생이었고, 아픈 아이들을 두고 술을 마시러 다니는 사람이었고, 남편이 아닌 다른 남자와의 사이에서 막내딸을 낳은 사람이었다. 그리고 무엇보다, 남편을 무시하고 함부로 대하는 못된 여자. 그래. 종숙 언니의 엄마는 그런 사람이었다.

"그런데 더 웃기는 게 뭔지 아니?"

영애 씨가 내 손등을 툭툭 치며 말했다.

"평생 미안하다는 말을 해 본 적이 없대. 정말 대단한 노인네 아니니?"

그리고 영애 씨는 곧장 말을 이었다. 종숙 언니가 열다섯 살쯤 되었던 해인가. 추석 차례상을 차리던 중 작은엄마가 폭발했다. 젓가락 때문이었다. 작은엄마가 젓가락을 국그릇 위에 올려놓자 종숙 언니의 엄마가 면박을 줬던 것이다.

"그걸 왜 거기에 놔? 자네, 정신이 있는가?"

산책

작은엄마가 대답했다.

"형님, 작년에는 이렇게 하라셨잖아요."
"어머, 내가 언제?"

종숙 언니의 엄마는 어처구니가 없다는 듯 웃음을 터뜨렸다. 그 순간이었다. 작은엄마가 국그릇 위의 젓가락을 집어 들며 말했다.

"야, 이명자."

그렇게 시작됐다. 작은엄마는 지난 8년간, 종숙 언니의 엄마가 자신을 얼마나 무시해 왔는지, 그 모든 말에 자신이 얼마나 많은 상처를 받았는지 조목조목 이야기했다. 종숙 언니의 엄마는 꼿꼿한 자세로 앉아 그 말들을 가만히 듣고만 있었다. 표정은 차갑고 인색했다. 그녀는 감히 어림없다는 듯한 분위기를 풍기고 있었지만, 작은엄마의 분노에 당황한 기색이 역력했다. 사실 종숙 언니의 엄마는 뒷대가 무른 편이었다. 그녀는 앞에서는 상대에게 이러쿵저러쿵 별소리를 다 하며 기를 죽이려 들었지만, 막상 그 사람이 예상 밖의 행동을 하면 당황해서 아무 말도 못 하는 사람이었다. 하지만 곧 죽어도 졌다는 건 인정하기 싫어서, 어떻게 해서든 상대에게 상처가 되는 말을 반드시 남기곤 했다. 그날도 그랬다. 종숙 언니의 엄마는 작은엄마의 목소리가 잦아들 무렵, 냉정한 말투로 이렇게 말했다.

"자네, 원래 이렇게 무식했나?"

며칠 후, 작은아버지가 종숙 언니의 집에 전화를 걸었다. 종숙 언니의 아버지는 동생과 통화를 하며 몇 번이나 한숨을 쉬었다. 그리고 전화를 끊은 뒤, 엄마에게 넌지시 말했다. 사과를 하는 게 어떻겠느냐고. 뭐가 어찌 되었든 당신이 제수씨에게 오랫동안 상처를 준 것은 사실이지 않느냐고. 종숙 언니의 엄마는 아버지를 쏘아보며 말했다.

"당신은 동서가 상처받은 건 걱정이 되고, 나는 아무 걱정이 안 돼?"

여기까지 들었을 때, 나는 지루함을 감추지 못하고 시계를 쳐다보았다. 인내심이 슬슬 사라져 가고 있었다. 사실 그날 나는 영애 씨가 이모들과 싸우고, 끝내는 외숙모와도 설전을 벌였다는 말을 듣고 급히 집을 찾아온 터였다. 마음이 복잡했다. 영애 씨가 이모들과는 그럴 수 있다고 생각했다. 솔직히 이모들도 그저 그런 사람들이었으니까. 하지만 외숙모를 집에 불러서 한 말은 이해가 안 됐다. "이제 나는 친정 일에 완전히 신경 끄겠네. 자네가 알아서 해." 사촌 동생에게 그 말을 전해 들었을 때, 나는 얼굴이 화끈거렸다. 평생 시어머니, 그러니까 영애 씨의 어머니를 모시고 살며 온갖 고생을 다 한 시누이에게 할 말은 아니지 않나? 그것도 집에 불러서? 하지만 내가 집에 도착하자마자 영애 씨는 종숙 언니 이야기를 꺼냈다. 내가 말할 기회를 전혀 주지 않았다. 나는 일면식도 없는, 영애 씨가 라인댄스 교실에서 만났다는 예순다섯 살짜리 아주머니의 이야기가 전혀 궁금하지 않았으므로, 어떻게든 화제를 돌려 보려 애썼다. 하지만 영애 씨는 입을 다물지 않았다. 나는 슬슬 짜증이 났다. 종숙 언니의 엄마가 어떤 사람인지, 어떻게 살았는지, 그게 나랑 무슨 상관이란 말인가. 하지만 영애 씨는 아랑곳하지 않고 말을 이어 가더니, 끝내는 종숙 언니의 남편이 우울증에 걸린 이야기까지 꺼냈다. "안타까워. 정말 너무 마음이 아파." 나는 결국 참지 못하고 영애 씨의 말을 잘랐다.

"엄마, 잠깐만."

그러나 막상 이모들과 외숙모에 대한 이야기를 꺼내려 하자 입이 잘 떨어지지 않았다. 영애 씨가 어떻게 나올지 뻔했다. 어른들 일에 상관하지 말라며 화를 내겠지. 방으로 들어가 버리겠지. 며칠 동안 문자와 전화 모두 무시하다가 어느 날 느닷없이 연락해서 이렇게 말하겠지. "너까지 이러면 나는 어떻게 해. 너는 날 이해해 줘야지." 어차피 모두의 마음이 상해 있었다. 영애 씨 혼자 마음을 푼다고 해서 해결될 일이 아니었다. 결국 나는 아무 말도 하지 못했다. 어쩌면 나야말로 뒷대가 가장 무른 사람이었을지도 모르겠다.

"잠깐만 뭐. 왜 말을 안 해?"

영애 씨가 물었다. 나는 잠시 망설이다 물었다.

"종숙 언니는 엄마한테 별 이야기를 다 하네?"
"응, 나한테만 하지."
"친한가 봐?"
"응."

영애 씨가 밝은 목소리로 대답했다. 나는 살짝 마음이 좋지 않았다. 영애 씨가 이전에 다른 친구들에게도 그랬던 것처럼, 종숙 언니와의 관계에도 지나치게 깊은 의미를 부여하는 것 같았다. 영애 씨의 이런 모습을 볼 때마다 나는 마음이 복잡해지곤 했다. 부모의 인정을 별로 받지 못했던 탓일까. 아니면 동생들에게 언제나 욕심 많은 깍쟁이 취급을 받고, 따돌림을 당했던 탓일까. 영애 씨는 언제나 친구들을 많이 좋아했다. 그리고 상처를 받았다.

나는 물었다.

"그런 이야기는 언제 다 했어? 라인댄스 추면서?"
"얘도 참, 수업 시간에는 춤춰야지."
"그럼?"
"산책하면서 해."
"산책?"
"응, 매일 함께 산책해. 저 끝에 계곡까지."

산책

"계곡? 이 동네에 계곡이 있어?"

그러자 영애 씨가 손가락으로 내 어깨 너머를 가리켰다. 나는 뒤를 돌아보았다. 해가 지고 있었다. 나는 자리에서 일어나 발코니로 향했다. 창문을 열었다. 지금도 기억한다. 여름이었다. 공기는 뜨거웠고, 시간은 더디게 흘렀다. 멀리 천변이 보였다. 그 끝에 작은 산이 있었다. 계곡은 아마 그곳에 있는 듯했다. 그해, 영애 씨가 이사 간 그 동네는 이제 막 아파트 단지가 들어서기 시작한 터라 주위에 이렇다 할 건물이 별로 없었다. 버스 노선도 다 들어오지 않은 상태였다. 한번 동네에 들어오면 다시 나갈 마음을 먹기가 쉽지 않았다. 그래서인지 나는 영애 씨의 집에 오면 쓸쓸한 기분이 들었다. 어딘가에 갇혀 버린 기분이랄까. 나는 영애 씨를 향해 고개를 돌렸다. 그녀는 소파에 등을 대고 앉아 천장을 바라보고 있었다. 그곳에는 아무것도 없었다. 나는 영애 씨에게 산책하러 가자고 하려다가 관뒀다.

그리고 그해 가을, 나는 죽었다.

이제 영애 씨는 종숙 언니와 연락하지 않는다.

그래도 마지막 기억이 있다. 혼자가 아니라 두 사람이 함께한 산책. 평소와 별다를 것 없었던 조용한 대화. 다음 날을 약속하며 헤어지던 순간. 그날, 종숙 언니는 영애 씨에게 전화를 걸어 이렇게 말했다.

"영애 씨, 다슬기 잡으러 가자."
"지금요?"
"응."
"언니, 다슬기는 5월이나 되어야 볼 수 있지 않아요? 지금 4월이에요. 아직 추워요."

그러자 종숙 언니는 이번 겨울이 꽤 따뜻했기 때문에 괜찮을 거라고 말했다. 영애 씨는 고개를 갸웃거렸다. 굳이 밖에 나가 찬물에 발을 담그고 싶지 않았던 것이다. 세상 분위기가 흉흉한 것도 은근히 신경이 쓰였다. 확진자 수가 매일 무섭게 늘어나고 있었다. 외출을 자제하라는 문자가 여기저기서 쏟아졌다. 그 때문에 라인댄스 교실도 문을 닫지 않았던가. 영애 씨의 망설임을 눈치챘는지, 종숙 언니가 조심스러운 말투로 덧붙였다.

"아니, 사실 딸이 집에 온댔거든. 걔가 다슬기 수제비 좋아하잖아."
"아… 그래요?"

산책

영애 씨의 마음이 움직였다. 지난가을, 내가 세상을 떠난 후로, 종숙 언니는 자신의 딸에 대해서, 그러니까 서울에서 유명 대기업에 다닌다며 자랑하던 딸에 대해 별로 언급하지 않았다. 하지만 대화를 하다 보면 자식 이야기는 무심코 흘러나오기 마련이었다. 종숙 언니는 딸이 요즘 너무 바빠서 집에 잘 내려오지 못한다고, 회사가 야근을 너무 많이 시킨다고 지나가듯 몇 번 이야기했다. 영애 씨도 마찬가지였다. 아니, 솔직히 그녀는 내 이야기를 지나치게 자주 했다. 마치 꼭 내가 살아 있는 것처럼 말했다. 우리 딸은 포도를 좋아해요. 이전에 딸이랑 온천에 가 본 적이 있어요. 그 애는 여행을 좋아해요. 안 가 본 도시가 없죠. 딸이 추천한 책이 있는데 한번 보실래요? 영애 씨가 그런 말을 할 때마다 다른 사람들은 난감하다는 표정으로 입을 다물었고 서로 조용히 눈짓했다. 물론 그들은 잘못이 없었다. 영애 씨는 그 사실을 잘 알고 있었다. 하지만 그들이 영애 씨를 부담스러워할 때마다, 영애 씨와 멀어지고 싶어 하는 마음을 숨기지 않을 때마다 그녀는 어쩔 수 없이 마음이 아팠다. 하지만 종숙 언니는 영애 씨를 똑같이 대했다. 그녀를 낯설어하거나, 어색해하는 기색이 없었다. 평소에 그랬던 것처럼, 그러니까 여전히 내가 살아 있는 것처럼 대답해 주었다. 네 딸이 그랬구나. 그런 말을 했구나. 마음이 좋지 않았겠다. 영애 씨. 그렇다고 해서 진실을 무시하거나, 외면하지도 않았다. 자신의 딸에 대한 이야기를 애써 삼가는 것으로 나름의 조의를 표했으니까. 영애 씨는 그 마음이 언제나 고마웠다. 그래서 그날, 영애 씨는 대답했던 것이다.

"좋아요. 언니, 우리 다슬기 잡으러 갑시다."

산책로에는 영애 씨가 먼저 도착했다. 기다리기가 지루해서, 영애 씨는 먼저 좀 걷기로 했다. 사실 자주 있는 일이었다. 영애 씨가 걷고 있으면 금세 종숙 언니가 도착했고, 두 사람은 자연스레 함께 걸었다. 저녁 메뉴, 제철 과일, 재미있는 드라마, 그리고 자식들에 대해 이야기하면서 계속 걸었다.

그런데 걷기 시작한 지 얼마 지나지 않아 영애 씨는 숨이 찼다. 마스크 때문일까. 아니면 너무 오랜만에 나와서일까. 최근 그녀는 몸이 조금이라도 안 좋으면 괜히 신경이 쓰였고, 어떤 생각들에서 벗어날 수 없었다. 늘 최악의 상황만 머릿속에 떠올랐다. 그때마다 그녀는 정신을 차리려 애썼다. 다른 일에 몰입하려 노력했다. 나만 그러겠어? 요즘은 다 그래. 다들 기분이 좋지 않아. 분명 그럴 거야. 그리고 가만히 돌이켜 보면 이런 생각에 시달렸던 건 근래 일만은 아니었다. 라인댄스 교실에서는 항상 이런 이야기만 했다. 목에 뭐가 잡히면

산책

갑상샘암이고, 배가 나오면 난소암이다. 췌장암은 징후가 없다. 희귀암도 생각보다 많다. 몸 어딘가 이상하다 싶어 병원에 가면 늦는다. 정말 늦는다. 다들 나이가 나이여서 그런지, 이미 누군가를 떠나보낸 사람도 있었고 몇 번씩 위기를 겪은 사람도 있었다. 그래서 몇 달 전 라인댄스 교실 운영이 중단되었을 때, 모두들 별말 없이 자연스럽게 받아들였던 것이다. 그래. 위험한 건 피해야지. 영애 씨도 마찬가지였다. 그래. 위험한 건 곤란하지. 이럴 때 사람들이 모여 있으면 안 되지. 혼자 있자.

혼자 있어.

영애 씨는 숨을 가다듬으며 주위를 두리번거렸다. 천변에는 확실히 사람이 없었다. 점심 산책을 하는 이들로 꽤 북적이던 길이었다. 오가는 사람 몇몇이 있었지만 모두 마스크를 쓰고 있었다. 그래서인지 다들 똑같아 보였고, 산책로에는 이상한 긴장감이 감돌았다. 영애 씨도 다시 마스크를 썼다. 그때였다. 갑자기 저 앞의 굴다리 쪽에서 끼익, 하는 듣기 싫은 소리가 들려왔다. 뭐지? 이상한 점은 없었다. 굴다리와 하천, 좁은 길. 영애 씨가 잘 기억하고 있는 풍경 그대로였다. 잘못 들었나? 그러자 또 소리가 들렸다. 영애 씨는 그 자리에 섰다. 분명했다. 굴다리 아래 텅 비어 있는 구멍에서 어떤 소리가 들려오고 있었다. 거대한 철문이 움직이는 듯한, 묵직한 무언가가 열리는 듯한 소리. 꼭 그 자리에 무언가 있는 것 같았다. 영애 씨는 굴다리 아래로 천천히 걸어갔다. 아무것도 없었다. 똑같은 풍경이 보일 뿐이었다. 그런데 문득 영애 씨는 그 광경이 낯설게 느껴졌다. 뭐랄까, 그녀가 속해 있는 이곳과 전혀 다른 세상처럼 보였다. 나이를 먹으면 종종 헛것이 보이고 헛소리가 들린다더니, 이게 그런 건가.

그때였다.

"영애 씨."

그녀는 깜짝 놀라며 뒤를 돌아보았다. 종숙 언니였다. 그 순간 영애 씨는 살짝 웃음이 나왔다. 오늘도 종숙 언니는 곱게 화장을 하고 나왔다. 반짝거리는 눈 화장이 돋보였다. 마스크 때문에 드러나지는 않았지만 아마 입술은 분홍색으로 칠했을 것이다. 그녀가 매번 약속에 조금씩 늦는 이유였다. 화장을 계속 매만지다 보면 어느 순간 시간이 훌쩍 지나가 있다나. 젊었을 때부터 그랬다고 했다. 그리고 그 버릇이 어디 안 가는지, 늙어서도 여전히 거울을 한참씩 들여다본다고 했다.

"언니, 오늘도 멋지네요?"

영애 씨는 농담을 건네며 종숙 언니의 옆에 섰다. 그런데 조용했다. 평소였다면 종숙 언니는 웃음을 터뜨리며 영애 씨의 손을 잡았을 것이다. 하지만 지금 종숙 언니는 말이 없었다. 그러고 보니 차림새도 조금 이상했다. 종숙 언니는 늘 화사한 색깔의 옷만 입었는데, 오늘은 검은색 점퍼 아래 짙은 군청색 와이셔츠를 입었다. 심지어 점퍼는 계절에 맞지 않게 두꺼워 보였다. 손에 집히는 대로 입고 나온 것 같았다.

남편 때문인가.

영애 씨는 생각했다. 종숙 언니의 남편은 우울증 치료를 받고 있기는 했지만, 감정을 잘 다스리지 못했다. 느닷없이 화를 내거나 폭언을 퍼부을 때가 있는가 하면, 온종일 무기력하게 누워만 있는 날도 있었다. 그에 따라 종숙 언니의 기분 역시 시시때때로 바뀌었다. 이번에는 뭘까. 화를 냈을까. 울었을까. 아니면….

"가자."

종숙 언니가 건조한 목소리로 말했다. 두 사람은 함께 걷기 시작했다. 금세 굴다리 밑에 들어섰고, 그 아래를 지나갔다. 그 순간 빛이 사라졌다. 그리고 또 그 소리를 들었다. 커다란 철문이 움직이는 소리. 그녀는 뒤를 돌아봤고 흠칫 놀랐다. 아무것도 보이지 않았다. 지나온 세상의 그 어느 것도 눈앞에 존재하지 않았다. 그러자 영애 씨의 마음이 서서히 가라앉았다. 그랬다. 영애 씨는 놀랍지도 슬프지도 않았다. 드디어 무언가를 맞이했다는 기분이 들 뿐이었다.

"영애 씨."

종숙 언니가 입을 열었다.

"네?"
"내가 어제 꿈을 꿨어."
"무슨 꿈이요?"

지난밤, 종숙 언니는 방문을 열어 둔 채 자리에 누웠다. 방 안에서 현관문이 보였다. 아이고, 방문을 닫아야 하는데. 그렇게 생각만 하다가 까무룩 잠이 들었다. 그러다 현관문이 열리는 소리에 눈을 떴다. 누군가의 목소리가 들렸다. 점검 왔습니다. 점검? 무슨 점검? 하지만 종숙 언니는 움직일 수 없었다. 문가에 서 있는 이도 움직이지 않았다. 그 자리에 가만히 서 있기만 했다. 그러다가 현관의 불이 탁 꺼졌다. 그 사람이 보이지 않았다. 그러나 종숙 언니는 그가 그곳에 있다는 걸 알 수 있었다. 나 때문인가? 내가 가만히 있어서 저 사람도 그대로 있는 걸까? 종숙 언니는 일어나야겠다고 생각했다. 누군가 집에 왔는데 인사는 해야지. 하지만 아무리 애를 써도 도저히 일어날 수 없었다. 몸이 움직이지를 않았다. 누군가 그녀의 몸을 꽉 누르고 있는 것만 같았다. 그러다 급작스럽게, 종숙 언니는 다시 잠에 빠져들었다. 얼마나 지났을까. 언니

산책

는 눈을 번쩍 떴다. 일어나야 해. 일어나자. 그러나
그 생각을 마치기 무섭게 그녀는 다시 잠에 빠져들
었고, 눈을 떴고, 또 잠들었다. 그렇게 몇 번을 반
복했을까. 알 수 없었다. 정확한 건, 그 사람이 계속
그곳에 서 있다는 사실이었다. 그녀를 빤히 지켜보
면서.

"그런데 있잖아."

영애 씨는 대답했다.

"네, 언니."

"이상해. 꿈이 아닌 것 같아."

영애 씨는 대답하지 않았다. 대신, 다시 한번 뒤
를 돌아보았을 뿐이다. 지금껏 걸어온 길이 보였
다. 언제 그렇게 캄캄하게 지워져 있었냐는 듯 온
전한 모습이었다.

두 사람은 계곡에 들어섰다. 곳곳에 아직 찬기가
서려 있었다. 메마른 나무들 때문에 풍경이 더 황
량해 보였다. 이런데 다슬기가 있으려나? 미심쩍
은 얼굴로 서 있는 영애 씨에게 종숙 언니가 다슬
기 망 하나를 건네주었다. 그러고는 아무렇지 않게
양말과 신발을 벗고 물에 발을 담갔다.

영애 씨는 잠시 고민하다 종숙 언니를 따라 물
로 들어갔다. 바지를 걷어 올렸다. 물이 발목까지

차올랐다. 차갑고 으스스한 느낌이 몸 전체를 타고 올라왔다. 영애 씨는 좀 빠르게 움직이기로 했다. 추위를 밀어낼 방법은 그것밖에 없을 것 같았다.

그러나 역시 다슬기는 없었다. 한두 마리 정도? 그게 전부였다. 한참 동안이나 물속을 들여다봤지만, 찾기 어려웠다. 하지만 아팠다. 결국 영애 씨는 몸을 일으키고, 숨을 들이마셨다. 답답했다. 살짝 마스크를 내렸다. 숨이 조금 트였다. 물비린내와 풀 내음, 깨끗한 공기 냄새가 몸 안으로 스며들었다. 영애 씨는 어느새 꽤 깊은 곳까지 들어가 있는 종숙 언니를 쳐다보았다. 종숙 언니의 다슬기 망도 텅 텅 비어 있었다. 더 찾아보려고 저곳까지 들어간 모양이었다. 하지만 다슬기가 저렇게 깊은 곳에 있지는 않을 텐데. 영애 씨는 종숙 언니가 걱정되었다.

"언니, 더 가지 마요. 거기 너무 깊어요."
"에이 괜찮아."

그러면서 종숙 언니는 앞으로 조금 더 걸어 들어갔다. 영애 씨는 불안했다. 이끼와 맞닿은 발바닥이 미끈거렸다. 그녀는 종숙 언니를 다시 불렀다. 종숙 언니는 고개만 살짝 끄덕일 뿐이었다. 영애 씨는 말했다.

"언니, 우리 이제 그만 가요. 아무래도 다슬기 잡기는 틀린 것 같아요."

산책

"아니야, 저기 있어."

종숙 언니가 계곡 안쪽으로 들어가며 말했다. 수심이 깊은 곳이었다. 어두운 그림자가 드리워진 산골짜기. 종숙 언니의 다리가 물에 점점 더 깊이 잠겼다. 저런 곳에 다슬기가 있을 리 없을 텐데. 영애 씨는 종숙 언니를 불렀다. 대답이 없었다. 계속 앞으로 걸어가기만 했다. 영애 씨는 확 겁이 났다. 저러다 물에 빠지면 어쩌지? 그녀는 종숙 언니를 향해 급히 움직였다. 금세 바지가 젖었고, 무릎 아래까지 물이 차올랐다.

"언니."

하지만 종숙 언니는 여전히 대답하지 않았다. 영애 씨는 앞으로 더 다가가 종숙 언니의 어깨를 잡았다. 종숙 언니가 말했다.

"저기 있네."
"네?"
"봐. 저기 있잖아."

그러나 아무것도 없었다. 깊은 계곡물. 그게 전부였다. 수심 아래를 전혀 알 수 없는, 어두운 그림자가 드리워진 산골짜기. 암벽을 타고 흐르는 가느다란 물줄기. 축축하게 젖은 나무껍질.

"언니, 뭘 보는 거예요?"

종숙 언니는 가만히 서서 앞을 보기만 했다. 영애 씨는 답답했다. 왜 이러는 걸까. 혹시 언니 남편이 무슨 일을 저질렀나? 아니면 다른 일이 있나? 영애 씨는 더 이상 물속에 있고 싶지 않았다. 어느새 추위가 뼛속까지 파고들었다. 몸이 덜덜 떨리고 있었다. 나가고 싶었다. 영애 씨는 종숙 언니의 팔목을 세게 붙잡았다. 나가요. 나가야 해요. 그렇게 속삭였지만, 종숙 언니는 고집스럽게 같은 곳을 응시했다. 영애 씨가 옆에 있다는 걸 모르는 것 같았다. 아니, 영애 씨가 있든 없든 상관하지 않는 것 같았다. 왜? 어째서? 언니, 대체 무슨 일이죠? 문득 그 순간, 영애 씨는 이전에 종숙 언니가 해 줬던 이야기 하나를 떠올렸다. 기저귀를 잔뜩 쌓아 놓았던 엄마. 그 어느 것도 상관하지 않았던 엄마. 종숙 언니가 옆에 있든 말든, 전혀 신경 쓰지 않았던 엄마.

딸이 두 살이 되었을 무렵, 종숙 언니는 친정 신세를 졌다. 남편의 사업이 기울어졌던 것이다. 종숙 언니의 가족은 집과 차를 팔고, 엄마의 집으로 이사했다. 돌아가신 아버지가 쓰던 낡은 방에 들어선 순간, 종숙 언니는 숨이 막혔다. 이 지경이 될 때까지 왜 몰랐을까. 결혼해서 집을 떠났을 때, 다시는 돌아오지 않겠다고 생각했었다. 그런데 아버지의 방으로 돌아오다니. 실패의 냄새가 가득 배어 있는 오래된 방으로. 그것도 가족들을 줄줄이 달고서. 종숙 언니는 정신을 차리기로 했다. 상황은 금방 좋아질 것이다. 그럼 나는 다시 이 집을 떠날 수 있으리라. 그래서 엄마에게 아이를 부탁했고, 거절당했다.

"나는 못 해. 더는 고생 못 한다."

종숙 언니는 화내지 않았다. 그래. 무슨 자격으로 그러겠는가. 엄마는 갈 곳 없는 종숙 언니의 가족을 받아 주었다. 그것만으로도 충분히 딸을 도운 셈이었다. 그 이상 바랄 수는 없었다. 종숙 언니는 아이를 놀이방에 맡겼고, 식료품점의 파트타임 일을 구했다. 남는 시간에는 상황에 따라 그때그때 다른 일을 했다. 남편은 사업을 정리하고 다른 회사에 들어갔다. 그렇게 새로운 생활이 시작됐다. 그러나 불안했다. 늘 불안했다. 모든 것이 그런 식이었다. 아이에게 설탕을 먹이지 않겠다는 다짐이 돌 전에 무너졌던 것처럼, 분홍색과 파란색을 똑같이 좋아하게 만들겠다는 다짐이 처음부터 아예 실현되지 않았던 것처럼. 왜냐하면 여자아이들의 많은 물건이 대부분 분홍색이었고, 분홍색 물건들이 다른 것들보다 훨씬 예뻤기에, 아이가 매번 분홍색 물건을 집어 드는 것을 막을 수 없었던 것처럼, 종숙 언니는 무엇도 뜻대로 할 수 없었다. 빚을 빨리 갚겠다는 계획. 일찍 퇴근을 해서 아이와 시간을 보내겠다는 계획. 남편에게 소리 지르지 않겠다는 다짐.

그날도 그런 날이었다. 남편은 회식이 있었고, 종숙 언니는 야근이 예정되어 있었다. 놀이방은 5시면 끝났다. 종숙 언니는 엄마에게 밤 9시까지는 돌아올 테니 딱 네 시간만, 그동안만 애를 봐 달라고 했다. 엄마는 대답했다.

"나는 애를 보기만 할 거다. 다른 건 안 한다."

무슨 말인가 싶었지만, 신경 쓸 겨를이 없었다. 그냥 안도했다. 남이 아니라 엄마가 아이를 봐준다는 사실 하나만으로 이렇게 편안해질 수 있다니. 그래서 종숙 언니는 조금 느슨해졌다. 동료 직원과 잡담을 나누었고, 그의 일을 도와주었으며, 돌아오는 길에는 사과주스를 사 먹었다. 달콤하고 시원한 주스의 맛을 음미하며 종숙 언니는 조금 기뻤다. 열심히 살고 있다는 느낌. 앞으로도 이렇게 살겠다는 결심. 마음대로 되지 않는 일투성이지만, 그래도 희망을 버리고 싶지 않다는 욕심. 그리고 집에 돌아왔을 때, 종숙 언니는 마음이라는 것이 얼마나 나약한지 깨달았다. 사람들 마음이 다 이럴까. 아니면 나의 마음만 이런 걸까.

엄마는 아이를 정말로 보기만 했다. 배고프지 않도록, 심심하지 않도록, 혼자 있다는 생각 때문에 눈물이 나오지 않도록 봐주었다. 쳐다봤다. 그리고 먼지와 땀으로 얼룩진 아이의 옷을 벗겨 화장실 앞에 던져두었다. 똥오줌이 묻은 천기저귀 역시 화장

산책

실 앞에 그대로 쌓아 두었다. 왜? 엄마가 약속한 일이 아니었으니까. 아이를 보는 것 외에 다른 건 하지 않겠다고 말했으니까. 지금껏 충분히 고생했기에, 더는 희생 같은 걸 하지 않겠다고 다짐했으니까. 종숙 언니는 엄마를 이해했다. 받아들였다. 어떻게 그러지 않을 수 있겠는가. 엄마의 삶을 모두 내 달라고 할 수는 없는 일이다. 그래서 참았고, 늦은 밤 오래도록 빨래를 했다.

"그런데 걔는 안 참더라고."

이야기를 마무리하며 종숙 언니가 말했다. 영애 씨는 물었다.

"네? 누구요?"

"우리 딸. 걔는 나를 참아 주지 않더라고."

영애 씨는 종숙 언니의 팔을 잡아당겼다. 말했다.

"언니, 우리 여기서 나가요."

그제야 종숙 언니가 고개를 돌렸다. 영애 씨를 바라보았다. 눈가의 반짝이던 펄 섀도가 조금 지워져 있었다. 영애 씨는 종숙 언니의 손을 잡았다. 내가 죽고 한 달쯤 지났을 때, 종숙 언니가 영애 씨에게 그런 말을 했다. 딸이 자기를 미워한다고. 어쩌다 한번 집에 오기는 하지만, 분위기가 삭막하기 그지없다고. 전화하면 싸늘해. 나를 귀찮아하는 게 느껴져.

종숙 언니가 몸을 돌렸다. 영애 씨는 조용히 한
숨을 쉬었다. 다행이었다. 어쨌든 아무 일도 일어
나지 않은 셈이었으니까. 영애 씨가 앞서 걸었고,
종숙 언니가 뒤를 따라 걸었다. 차가운 물속에 오
래 있었던 탓인지, 영애 씨는 발에 감각이 없었다.
자잘한 돌과 부드러운 흙, 나뭇가지 같은 것들이
밟혔지만 별로 느낌이 없었다. 무릎 가까이 차 있
던 수면이 발목까지 내려왔을 때, 영애 씨는 종숙
언니를 불렀다.

"언니, 잘 오고 있죠?"

종숙 언니의 대답 대신 어떤 소리가 들렸다. 굴
다리 밑을 지나오면서 들었던 그 소리. 거대한 철
문이 움직이는 듯한, 묵직한 무언가가 열리는 소
리. 영애 씨는 소름이 끼쳤다. 알 수 없는 존재가
영애 씨를 지켜보고 있다는 기분. 영애 씨는 침을
삼켰다. 겁이 났다. 그래서 종숙 언니를 불렀다.

"언니, 지금 뭐 해요? 오고 있어요?"

그 소리가 또 들렸다. 영애 씨의 바로 뒤에서 들
려왔다. 영애 씨는 양손으로 팔뚝을 감싸 안았다.
추웠다. 너무 추웠다. 무서웠다. 누군가 그녀 뒤에
서 있는 것 같았다. 그때, 소리가 다시 들렸다. 이번
에는 영애 씨의 머리 위에서. 그래. 바로 그곳에서,

산책

무언가 떨어질 것 같았다. 영애 씨를 바다 저 깊은 곳으로 묻어 버릴 것 같았다.

"아악!"

영애 씨는 소리를 지르며 몸을 웅크렸다. 그 바람에 발이 미끄러졌다. 균형을 잃었다. 공중에서 팔을 허우적댔다. 그때 뒤에서 누군가 영애 씨의 허리를 힘껏 잡았다. 영애 씨는 더 크게 소리 질렀다. 손으로 상대를 밀쳤다. 그 바람에 상대도 비틀거렸고, 두 사람은 함께 물속으로 떨어졌다.

"왜 그래, 영애 씨."

종숙 언니가 영애 씨의 뺨을 두드리며 말했다. 영애 씨는 숨을 거칠게 들이마시며 종숙 언니를 바라보았다. 그리고 주위를 두리번거렸다. 아무도 없었다. 종숙 언니와 영애 씨. 두 사람만이 계곡 바닥에 엉거주춤한 자세로 앉아 있을 뿐이었다.

종숙 언니가 자리에서 먼저 일어났다. 그리고 영애 씨를 부축해 일으켰다. 영애 씨는 그제야 정신이 들었다. 내가 무슨 짓을 한 거지? 왜 그런 거지? 소매와 바지, 셔츠 끝부분을 비틀어 물을 짜냈다. 그리고 급히 물 밖으로 나와 신발을 신었다. 옆을 돌아보니, 종숙 언니가 이를 딱딱 부딪치며 서 있었다.

두 사람은 함께 걸어온 길을 되돌아갔다. 물에 젖은 발자국이 나란히 길에 남았다. 굴다리를 건널 때, 바람이 그들 사이를 거세게 지나갔다. 종숙 언니가 재채기를 했다. 영애 씨는 손바닥으로 그녀의 축축한 등을 쓰다듬어 주었다. 그러자 종숙 언니가 영애 씨의 다른 손을 꽉 잡아 주었다. 그리고 말했다.

"영애 씨."
"네."
"사실 오늘 우리 딸 집에 안 와. 산책 전에 문자 왔어. 안 온다고."
"그래요?"
"응."

종숙 언니는 조용해졌다. 그러더니 다시 말을 이었다. 도저히 이해할 수 없다는 말투로. 외로움이 가득한 목소리로.

"걔는 나한테 대체 왜 그럴까."

어째서일까. 종숙 언니는 계속 말했다. 세월이 아무리 지나고, 이렇게 나이를 먹어도 무감해질 수 없는 걸까. 상처를 받는 일이 끊임없이 생기는 걸까. 왜 마음이 평온해지지 않을까. 종숙 언니는 열심히 살았다. 자식들을 앞에 두고 "네 아버지 때문에 나까지 급이 떨어진다"라고 말하지 않았다. 심지어 그녀는 남편을 몇 번이고 용서했다. 무슨 잘못을 하든 이해했다. 자식의 고난을 늘 우선에 두

산책

었다. 무슨 일이 생기건 힘이 닿는 데까지 도와주려 애썼다. 자식이 그녀를 필요로 하는 순간, 그녀는 언제나 그곳에 있었다. 그건 모두 진심이었다. 정말이었다. 자식은 왜 그녀의 마음을 몰라주는 걸까. 아니면 그런 마음을 그냥 가볍게 생각하는 사람인 걸까. 그녀가 그런 사람으로 키운 걸까. 2년 전, 남편은 그녀에게 당신은 장모님과 똑같은 사람이라고 말했다. 남편의 반대에도 불구하고, 그녀가 그들 재산의 상당 부분을 주식에 투자해서 모두 잃었을 때였다. 믿을 수 없었다. 그를 몇 번이나 용서한 그녀에게, 그는 오직 단 한 번의 실수를 들먹이며 그렇게 말했다. 어째서? 어떻게 그런 말을 할 수 있단 말인가. 내가 똑같다고? 닮았다고. 말도 안 돼. 납득할 수 없었고, 이해할 수 없었다. 그런 그녀에게 딸이 차가운 목소리로 말했다. "왜 항상 엄마 입장만 생각해?"

어느새 그들은 산책로 끝에 도착해 있었다. 영애 씨는 언덕 위의 아파트 동에 살았고, 종숙 언니는 그 아래 단지에 살았다. 이제 헤어질 시간이었다. 그러나 두 사람은 서로의 손을 놓지 않았다. 그들은 몸을 떨면서 그대로 서 있었다. 이윽고 영애 씨가 먼저 입을 열었다.

"내 딸도 나를 싫어했어요."

종숙 언니가 영애 씨의 손등을 어루만졌다. 영애

씨는 덤덤한 목소리로 말했다.

"죽기 전까지 계속 그랬어요. 그런데 어느 날 갑
자기 그러더라고요."

"뭐라고?"

"과(過)는 과고, 공(功)은 공이래요. 그러니
까…."

"응."

"괜찮대요."

종숙 언니는 영애 씨를 안아 주었다.

*

그날, 영애 씨는 집에 돌아와 소파에서 잠이 들
었다. 꿈을 꾸었다. 발코니에 누군가 서 있었다. 영
애 씨는 소파에서 일어나려 애를 썼지만, 몸이 움
직이지 않았다. 그녀는 그 자리에서 잠들었다 깨어
나기를 여러 번 반복했다. 발코니의 존재는 창문
밖을 응시하며 계속 같은 곳에 서 있었다. 아니, 그
사람은 영애 씨를 바라보는 것 같았다. 집 안을 둘
러보는 것 같았다. 배회하는 것 같았다. 우는 것 같
았다. 웃는 것 같았다. 사실이었다. 나는 영애 씨의
주변을 떠돌았다. 그리고 떠올렸다. 내가 영애 씨
에게 했던 말들. 내가 하지 않은 말들. 그래서 후회
하는 말들. 계속 기억하는 말들. 사람들은 모두 다

산책

엄마를 떠날 거야. 엄마와 멀어져서 다행이라고 생각할 거야. 그래서 엄마는 결국 혼자 남을 거야. 그 누구도 곁에 있지 않을 거야.

영애 씨가 무거운 몸을 일으켰다. 아직 완전히 잠이 달아나지 않은 듯했다. 그녀는 내가 서 있는 곳으로 고개를 돌렸다. 아주 한참 동안이나 나를 바라보았다. 나 역시 영애 씨의 얼굴을 응시했다. 언제나 나를 망설이게 하는 얼굴. 너무 많은 걸 이해하게 만드는 얼굴. 그래서 나 자신의 무언가를 알아차리게 만드는 얼굴. 닮은 얼굴. 결국 나는 먼저 고개를 돌렸고 창문 밖으로 걸어 나왔다. 멀리 산책로가 보였다. 나는 굴다리 사이로 흘러들어 갔고, 공기 속에 머물다가, 천천히 물 위에 누웠다. 그 순간 나는 오롯이 혼자였다. 그러나 모든 것을 기억하고 있었다. 마지막까지 내게 남아 떨어지지 않던 마음들에 대해, 그리고 여전히 나를 만들고 있는 순간에 대해. 그리고 그 기억 속에는 늘 목소리가 있었다. 들었던 말. 들었다고 생각되는 말. 어쩌면 들을 수 있었을지도 모르는 말. 그리하여 잊을 수 없고, 나를 도저히 떠날 수 없게 만드는 말.

나… 너무 미워하지 마.

영애 씨는 이제 종숙 언니와 연락하지 않는다.

작가의 말

지난주, 벚꽃이 피었다. 이 시기의 밤 산책을 좋아한다. 어둠 속에서 환하게 빛나는 꽃잎들을 보고 있으면 무척 큰 선물을 받은 기분이 든다.

며칠 전 비가 내렸고, 꽃잎들이 많이 떨어졌다. 추위가 돌아왔다. 그래도 푸른 잎들이 돋아나고 있다.

그렇게 세 번의 봄.

3년 전, 아니 그보다도 전에, 어쩌면 내가 기억하지도 못할 어느 무렵, 나는 이 책에 실린 소설들의 씨앗이라 할 수 있는 아이디어에 마음을 빼앗겼다. 그리고 쓰기 시작했다. 다른 소재의 단편소설을 쓰기도 했고, 장편소설을 쓰기도 했지만, 그 이야기들 역시 이 씨앗에서 피어난 다른 줄기의 열매라는 걸 잘 알고 있다.

사실 나는 다른 취미가 거의 없는 사람이다. 술도 안 마시고, 사람도 잘 안 만난다. 한때는 일이 전부인 사람이 되는 게 조금 두려웠다. 이것저것 잘하는 사람이 되고 싶었던 적도 있다. 그러면서도 책상 앞을 떠나지 못했는데, 결국 소설을 쓰는 게 항상 더 중요했기 때문이다. '즐거웠다'는 표현이 더 적절할 것 같다. 그랬다. 이 기쁨과 맞바꿀 수 있는 게 거의 없었고, 지금도 그렇다. 잘 읽고, 잘 쓰는 것.

작가의 말

더 제대로 하고 싶다고 생각한다. 사실 언제나 늘 이 생각만 한다.

벚꽃을 보며 산책을 하고, 채소를 가득 넣은 비빔 국수를 만들어 먹고, 지치지 않고 책을 읽는 것.

쓰는 것.

계속 쓰는 것.

삶이 더 단순해졌으면 좋겠다.

강화길

프로듀서의 말

《안진: 세 번의 봄》은 강화길 작가님의 기발표작이었던 〈산책〉과 〈비망〉을 한데 엮기로 한 후 새로운 작품인 〈깊은 밤들〉을 더해 만들어진 소설집입니다. 강화길 작가님께서 나눠 주신 모녀 관계에 관한 통찰에 고개가 끄덕여졌고, 마치 장소를 마련하듯 세 편의 이야기를 연달아 거치며 조금 더 길게 머물 수 있길 바라는 마음으로 단편집을 만들게 되었습니다.

　완성되어 있는 두 작품이 있었기에 이번 단편집에서는 프로듀서로서 비교적 멀찍이 떨어져 있었다는 것을 고백해야 할 것 같습니다. 그렇기에 이번만큼은 프로듀서의 말 대신 철저히 첫 번째 독자로서, 원고를 읽는 동안 여러 곳을 산책하듯이 머물거나 스친 생각에 대해 적는 것이 좋겠습니다.

　세 가지 이야기를 읽는 동안 어딘가 뒤숭숭했고 때로는 잊은 줄로만 알았던 어떤 순간이 혹 떠올라서 예상치 못한 기분으로 산책을 마친 것 같았습니다. 어쩌면 제가 좀 더 사실에 가깝다고 믿는 모녀 관계란 이 작품이 보여주듯 깊이를 알 수 없는 애증이라든가, 애써 다른 감정으로 덮고 덮이면서 한마디로 정의할 수 없는 지경에 이른 복잡함을 지닌 동성의 혈연관계가 아닐까 싶습니다. 그래서 이 이야기들을 허구로 받아들이기보다는 나를 비롯해 좀 더 가까운 이들의 이야기를 읽는 것만 같았습니다. 애틋하다고

만 할 수 없는 우리의 관계를, 다르지만 마음 놓고 다를 수 없었던 순간들을 떠올릴 수 있었습니다. 이 짧고도 작은 이야기가 독자 여러분께는 어떻게 다가갈지 문득 궁금해집니다.

《안진: 세 번의 봄》은 〈깊은 밤들〉, 〈비망〉, 〈산책〉의 순서로 수록되어 있습니다. 화자도 다르고 주체도 다른 이야기이기도 하지만, 다 읽고 난 후 한 모녀의 이야기처럼 느껴지신다면 그것도 참 좋겠습니다.

작년 6월에 작가님과 처음 만나 또다시 6월이 되어 책이 나왔습니다. 안전가옥과 함께해 주신 강화길 작가님 감사합니다. 그리고 독자 여러분, 감사합니다.

안전가옥 스토리 PD
이은진 드림

안진: 세 번의 봄

지은이	강화길
펴낸이	김홍익
펴낸곳	안전가옥

기획	안전가옥
콘텐츠 총괄	이지향
프로듀서	이은진
	고혜원 · 김보희 · 신지민 · 윤성훈
	이수인 · 임미나 · 황찬주
퍼블리싱	박혜신 · 임수빈
편집	김유진
디자인	금종각
서비스 디자인	김보영
비즈니스	이기훈
경영지원	홍연화

출판등록	제2018-000005호
주소	(04779) 서울특별시 성동구 뚝섬로1나길 5,
	헤이그라운드 성수 시작점 201호
대표전화	(02) 461-0601
전자우편	marketing@safehouse.kr
홈페이지	safehouse.kr
ISBN	979-11-93024-16-4
초판 1쇄	2023년 6월 9일 발행
초판 2쇄	2023년 8월 1일 발행